PLAIDOYER POUR LE RÊVE

SAMUEL DUFAY

PLAIDOYER POUR LE RÊVE

BERNARD GRASSET
PARIS

Photo de la bande : © Jean-Pierre Delagarde /LA COLLECTION.

ISBN 978-2-246-83547-9

À Clara et Joachim
À la famille Krulik, cette autre part de moi

Je n'ai jamais su guérir de mon penchant pour le rêve. Peut-être y étais-je prédestiné : j'aime à croire que *fagus*, le mot latin à l'origine de mon nom, ne veut pas seulement dire « hêtre », mais aussi « fée ».

Ce goût de la divagation, de la fuite, du refus du réel, je le connais bien. Il me manquera toujours la rectitude qui conduit les esprits cartésiens. Cette tare me rend la vie plus douce.

Puisque le temps s'est accéléré, que nous vivons saturés de flux et d'images, le rêve est une ressource menacée, comme le seront peut-être bientôt l'eau, l'énergie et un air respirable. Déjà, dans son essai *La France contre les robots*, Georges Bernanos évoquait la « conspiration universelle de la civilisation moderne contre toute espèce de vie intérieure ». Patrick Modiano, écrivain du silence et de l'oubli, serait aujourd'hui impossible. Avec une recherche sur Internet, beaucoup des mystères justifiant ses intrigues seraient éventés. « Seul ce que j'ai perdu m'appartient à jamais », chante Miossec.

Le rêve, je n'en doute pas, a toujours demandé un effort, un arrachement à la crudité des choses. De nos jours, cette activité en deviendrait presque héroïque. Et le mal risque de s'aggraver avec les pandémies, les catastrophes naturelles, l'intelligence artificielle.

Au XVIIe siècle, l'honnête homme conciliait le goût des sciences et celui des lettres. Ce compromis semble chaque jour plus difficile. La technique, les statistiques nous dominent et nous asservissent. Sans contester leur importance, j'aimerais préserver ce qui échappe à la tyrannie de la nécessité.

De la beauté, un pesonnage de Dostoïevski, le prince Mychkine de *L'Idiot*, attendait qu'elle « sauve le monde ». Combien sommes-nous à vouloir bâtir un refuge à l'abri de ses soubresauts ? Depuis la pandémie, en particulier, chacun se referme sur son cocon. Mais le rêve que j'évoque n'est pas celui du divertissement à la chaîne, de l'évasion à bon marché offerte par ces séries Netflix dont nous sommes gavés. Je parle de la délicatesse, de la suggestion – en un mot, de la poésie. Elle requiert un peu plus d'effort et d'attention.

Né en 1995, j'ai eu la chance de connaître les années qui précédèrent l'irruption d'Internet, puis des réseaux sociaux, dans nos vies. Je sais vaguement, pour en avoir fait l'expérience, comment le monde était *avant*. Je livre ici mon plaidoyer pour le rêve. À l'heure du réchauffement climatique, de la visioconférence et des guerres spatiales, je voudrais être sûr qu'il ait encore sa place. Je formule un dernier recours pour cette richesse en voie d'épuisement – encore présente dans les livres, les journaux, les voyages – et au sujet de laquelle nos enfants éduqués à l'iPad, vaguement intrigués, nous interrogeront bientôt.

Cette ressource, je l'ai traquée partout : dans une série télévisée étonnamment addictive, l'encre des hebdomadaires, le ciel de Paris, et puis quelques souvenirs familiaux, à l'origine de cette hantise d'écrire qui me poursuit.

C'est l'été : dans les boulangeries, les guêpes volent sur les étals. Je marche dans mon quartier, le XIIe arrondissement, sous le soleil de juin. C'est jeudi, jour de parution des hebdomadaires : je vais au kiosque faire ma moisson de papier.

La vendeuse s'est enfin débarrassée du carré de laine dont elle se couvre les genoux tout l'hiver. Place de la Nation, il fait déjà trop chaud pour un mois de juin. Les statues qui surmontent les colonnes d'octroi, celles de Philippe Auguste et de Saint Louis, ne protègent d'aucune ombre les riverains. Des passants filent sur leur trottinette électrique. Le manège « Carioca » scintille comme un bijou.

Les rues sont presque vides. La France se fait construire une piscine ou s'ennuie en télétravail. Je déjeune seul au Royal Tching Tao, un « restaurant de gastronomie chinoise ». *L'Équipe* du jour déborde d'informations sur le marché des transferts, celui d'une Europe ouverte à tous les vents. Mais on s'impatiente quand même pendant l'enfer de la trêve. Cet été, il n'y aura pas de Coupe du monde : il faudra attendre novembre et la compétition au Qatar.

La serveuse s'éponge le front avec une serviette. Il fait déjà trop chaud pour la saison. À la sortie du restaurant, je longe la Maison de retraite protestante. Une nuée d'oiseaux survole les lucarnes de l'hôpital des Diaconesses. Des silhouettes, rondes comme des boules de flipper, glissent le long de la Coulée verte. J'aperçois à ma gauche le Tabac

Montgallet, une maison de la presse qui a oublié de fermer.

Le XIIe est un arrondissement merveilleux. En contrebas de l'ancienne gare de Reuilly, des HLM donnent sur les rails de la gare de Bercy. Une enclave de maisons blanches, presque méditerranéennes, prolonge ce rêve de vivre dans la ville tout en y échappant. À la gare, dans la salle des pas perdus, des amoureux se séparent en pleurant, avant que l'un d'entre eux ne saute dans un bus pour l'Allemagne ou l'Angleterre.

Je repense au détective Nestor Burma, dont l'une des enquêtes se déroule dans le quartier de la Nation. Peut-être tout le monde a-t-il oublié l'existence de ce personnage inventé en 1942 par le romancier Léo Malet. Au départ, chacune de ses enquêtes prend pour cadre un arrondissement de Paris : *Casse-pipe à la Nation*, donc, mais aussi *Micmac moche au Boul' Mich'*, *L'Envahissant Cadavre de la plaine Monceau*. L'auteur se libérera finalement de ce carcan. Anarchiste, il ne goûtait pas les entraves. Son héros est à son image : désabusé, rétif à l'autorité, plein de désinvolture. « Nestor Burma, ce qu'il aimait, c'était le sexe et la poésie », disait de lui Léo Malet.

Ses enquêtes, laborieuses et parsemées d'argot, manquent de grâce. On y cherche en vain la vérité humaine des investigations du commissaire Maigret de Simenon, l'onirisme des divagations de Modiano. Elles comportent du moins quelques fulgurances : « Quelque chose jurait en elle, je n'aurais su dire quoi. Peut-être un reste d'élégance. Un tout petit reste. Fin et ténu, fragile comme un serment d'amour. »

Mais *Nestor Burma* ne meurt jamais vraiment. La série télévisée qui en est tirée est un concentré de rêve, le surréalisme en *prime time*. Nestor Burma y est incarné par le chanteur de charme Guy Marchand. Sourire aux lèvres, cheveu rare, silhouette svelte, longues pattes et teint mystérieusement hâlé, il promène sa gouaille dans les rues de la capitale. Autour de lui, un véritable réseau dont il est la star. Il y a la secrétaire de son agence, Hélène, une jolie blonde à laquelle il se refuse obstinément. Mais aussi son vieil ami le commissaire Faroux, l'adjoint de ce dernier, Fabre, et son complice Zavatter, un débrouillard qui lui rend quelques services.

Au cours de ses enquêtes, Nestor Burma crapahute sur les toits de la ville, enlace des femmes qui ont l'âge d'être ses filles, dégaine son pistolet quand les choses tournent mal. Il évolue dans un Paris rêvé.

En plus d'arpenter un quartier, Nestor Burma explore les coulisses de la comédie humaine : le milieu de l'escrime, le monde du théâtre, les résidences universitaires. Il se confronte aux drames privés sur fond de morosité nationale.

Nestor Burma ? Sur la place de la Nation, je dois être le seul à me souvenir de lui. La France de Mitterrand et Chirac, inquiète et émolliente, appartient au passé. Les trottinettes et les livreurs Uber Eats en combinaison fluo ont remplacé sa décapotable à l'empreinte carbone excessive.

Pourtant, presque vingt ans après l'arrêt de la série, Paris vit encore dans son ombre. Sur Internet, un amateur a recensé en 2015 les lieux du tournage. Captures d'écran et photos à l'appui, il les a comparés avec leur état d'aujourd'hui : le quai des Orfèvres, la place des Victoires, l'agence de détective Fiat Lux du 111, rue Championnet, l'avenue du Trône… Le plus souvent, ils ont à peine changé. Seuls quelques détails, d'autant plus émouvants qu'ils sont rares, ont marqué le passage du temps : une porte repeinte, un serrurier remplacé par un coiffeur.

Ce séducteur volage est l'homme d'une seule ville. Il ne la quitte que le temps d'un épisode, pour une enquête en Belgique ou en Suisse. Mais bien vite, ses trottoirs lui manquent. Je comprends qu'il tienne à ses habitudes. Dans *Le Cinquième Procédé*, il s'amourache d'Omaya, une danseuse du ventre qui officie dans le restaurant libanais « Au pied de chameau ». Pour les besoins de son enquête, il se déguise en dictateur libyen. Tel est le Paris de Nestor Burma : mondain, ouvert aux rencontres. On y dîne dans un restaurant japonais sur un bateau-mouche, au pied de la tour Eiffel, on y prend un bain de soleil à la sortie du Théâtre de l'Atelier. Malgré la noirceur des crimes qui s'y commettent, cette ville a quelque chose d'inoffensif. Je suis jaloux de cette insouciance. Et même la mort y paraît si légère.

Nestor Burma ne connaît pas le Covid-19. Il ne lui viendrait pas à l'idée, à l'entrée d'un restaurant ou d'un bar, de présenter son pass sanitaire. De toute façon, il n'a pas de smartphone. À la manière du Maigret de Simenon, il a besoin de se rendre sur place pour sentir et pour voir.

Je regarde cette série en rêvant d'une rencontre. À l'exemple d'Omaya, la ville y regorge de belles femmes. Naïades effarouchées, sensuelles Orientales ou froides bourgeoises, toutes tombent dans les bras de Nestor juste après l'avoir croisé. Malgré son charme, on se demande parfois pourquoi elles s'éprennent de lui. Convention de cinéma, sans doute. Mais aussi reflet d'un temps où les rencontres étaient plus faciles.

Nestor Burma est un cartésien au pays du rêve. Dans la résolution des enquêtes, il raisonne droit et juste, au contraire de la police. Avec les femmes, en revanche, le monde se conforme à ses vœux. Pour les conquérir, il lui suffit d'être lui-même : portes ouvertes sur le désir. C'est un barbon de comédie qui aurait encore du charme. Il est si convoité qu'il en néglige sa secrétaire, Hélène Châtelain, une semi-favorite jalouse de son sérail.

Certes, les criminels qu'il cherche à confondre essaient souvent de l'assassiner : guet-apens nocturne, poison glissé dans son verre par une femme fatale. Mais comme il s'en sort toujours, c'est une contrepartie acceptable.

À travers cette série, je rêve d'un autre temps : la France d'avant le numérique, plus conviviale et plus secrète. J'aurai à peine eu l'occasion de la connaître.

Nestor Burma a cet attrait des années qui précèdent votre naissance. Piégé dans la France des services, je repense à l'ancien monde : diplomatie d'alcôve, cohabitation feutrée entre François Mitterrand et Édouard Balladur. Par contraste avec la nôtre, cette société nous paraît étrangement secrète. Pendant que Burma mène ses enquêtes, des complots se fomentent à l'Élysée, Balladur trône dans sa chaise à porteurs. La presse publie les photos volées de Mazarine, la fille cachée de Mitterrand. La France se découvre un président vichyste, décoré de la francisque en 1943 par le maréchal Pétain.

Bien sûr, j'enjolive ce passé. Je repense à la phrase de Jules Romains dans *Les Hommes de bonne volonté* : « Il suffit d'être révolu pour avoir l'air si tranquille. » Afin d'en avoir le cœur net, je regarde un documentaire sur les années Chirac. Ses douze ans au pouvoir auront été émaillés de crises. Je lis aussi de vieux journaux de centre droit, qui bruissent de la lutte à mort entre lui et Édouard Balladur, des déboires d'Alain Juppé à Matignon, de l'échec de la dissolution de 1997. Je revois ces couvertures barrées d'un « L'alerte Balladur », « Juppé joue gros » ou « Le pari Raffarin ».

Nestor Burma commence juste avant le traité de Maastricht (1992), comme un mauvais présage. De 1991 à 2003, la série aura vu la France passer de Mitterrand à Chirac. Dans l'intervalle, deux cohabitations et une même impression automnale. À la diffusion du dernier épisode, la France est entrée dans l'euro et a voté le passage au quinquennat. Le Front national est présent, pour la première fois de son histoire, au second tour de l'élection présidentielle.

Dans les années 1990, les hommes politiques jouissent encore d'un prestige aujourd'hui impensable. Alain Juppé, ministre des Affaires étrangères, reçoit les journalistes assis dans un fauteuil doré. Si Nestor Burma se désintéresse de la politique, passant sans un regard devant des affiches électorales, c'est que tout ne doit pas aller trop mal.

Ma famille en veut encore à Juppé d'avoir fait abattre les arbres de la rue Lamarck, à Montmartre, en face de son ancien appartement. Et aussi – je n'ai jamais su dans quel ordre – d'avoir dissous le gaullisme dans la technocratie, l'alliance avec le centre et le fédéralisme européen.

Si j'avais eu vingt ans en 1995, j'aurais soutenu son rival à droite Philippe Séguin, qui parlait de « souveraineté nationale ». Il défendait, contre le « cercle de la raison », une « autre politique » qu'il n'a jamais su préciser. Mais c'est Juppé, nommé à Matignon par Jacques Chirac, qui a gagné. Et je me plais à croire que nous avons pris le mauvais tournant.

Mes parents sont nés sous de Gaulle, au début de la Ve République. J'aurais aimé grandir à l'ombre du vieux chêne. Je n'aurai connu que la fin d'un septennat, les derniers mois d'un François Mitterrand rongé par le cancer qui l'emporterait en 1996. Aujourd'hui, je fais toujours ce songe d'un pays idéal. Toutes les aventures politiques dont je rêvais se sont soldées par une débâcle : celle de Philippe Séguin, mais aussi la chevauchée « républicaine » de Jean-Pierre Chevènement en 2002, qui lui a valu 5 % des voix.

Cette époque aussi connaît son lot d'horreurs : les massacres en Yougoslavie, la guerre civile algérienne, puis le 11 Septembre et le conflit irakien. Pendant que Nestor Burma papillonne, un génocide se commet au Rwanda. En France, les islamistes algériens prennent en otages les passagers d'un avion, à Marignane, et font exploser une bombe à la station de RER Saint-Michel. Oui, je regrette cette époque où tout allait mal. En 2022, nous regardons d'un autre œil ces années si grises et si heureuses. La France d'Édith Cresson, Première ministre de 1991 à 1992, ne connaît pas sa chance.

C'est à ce moment-là que mes parents se sont rencontrés. La scène a eu lieu dans les locaux du journal *Le Point*, rue de Rennes. Ce devait être sous Balladur. Mon père y travaillait au service Éducation, ma mère était sa stagiaire. Un jeune normalien de Montmartre, catholique et fils de gaullistes, accueillait une jolie brune, juive libérale tout juste sortie de Sciences Po, qui cherchait encore sa voie. Il lui a proposé de prendre un café. À ma connaissance, ils se sont tout de suite plu. Je crois entendre leurs pas faire craquer les feuilles du Palais-Royal, où ils se promenaient main dans la main. Je suis sûr qu'ils étaient heureux.

C'est mon parrain, Christian, alors collègue de mon père au *Point*, qui m'a raconté les débuts de cette idylle. Malgré mes efforts indiscrets, il ne veut pas trop m'en dire. Mais il m'assure que c'est une belle histoire. Trente ans après, l'idée que son ami François a séduit la stagiaire le fait encore sourire.

Moi aussi, à cause de cet exemple, j'ai longtemps attendu la rencontre idéale. Est-ce de ma faute si mes parents ressemblent, dans les albums photo de famille, aux personnages de *Nestor Burma* ? Mon père est vêtu d'une parka rouge, ma mère coiffée comme Jeanne Savary, l'une des interprètes d'Hélène. Je les imagine surgir à l'improviste dans l'agence de Nestor pour lui demander de résoudre une enquête. Les scénaristes s'amuseraient à les présenter comme un couple parfait, deux cadres supérieurs élégants qui hantent les restaurants du Marais et promènent leur poussette dans le quartier Saint-Paul, l'air surpris de s'être si bien trouvés.

Mes parents formaient un couple que la mort a séparés. À travers cette série, j'enquête sur l'époque où ils étaient heureux. Où Nestor et Hélène vivraient-ils, s'ils avaient vieilli ensemble ? Place de la Nation, je crois sentir leur présence. Jeanne Savary a l'âge d'être ma mère. J'ai retrouvé une interview de l'époque où elle se confie sur son quotidien : elle habite à Pigalle, profite de la vie nocturne et joue dans un groupe de jazz. Sur les photos, on la voit poser, pistolet factice à la main, visant l'objectif. C'est une blonde pimpante, au regard malicieux, à la bouche un peu large. Sans doute rêve-t-elle à d'autres horizons que la série *Nestor Burma*, mais c'est un bon moyen de lancer sa carrière.

Et lui, Burma, que penserait-il de la France d'aujourd'hui ? J'essaie de me dire que le fil n'est pas rompu. Vu des années 1990, notre présent ne me semble pas soupçonnable. Le monde court déjà à sa perte, mais son Paris est bien tranquille. Et pourtant, tout est déjà en germe. On a envie de lui crier

« Attention aux gaz à effet de serre », lui interdire de frôler les seins d'Hélène.

Cette France où je suis né, j'aimerais la comprendre. On me dit que ces années étaient malheureuses mais pas désespérées. On m'assure qu'à l'époque, la nourriture était mauvaise, le vin sans saveur. Mais depuis que j'ai vu *Nestor Burma*, je n'arrive pas à le croire.

Je voudrais continuer à habiter le rêve. Si j'avais une France à choisir, ce serait celle de Burma. Elle est si rassurante. Ce personnage, j'ai l'impression de le connaître, comme si nous étions reliés par une étrange connivence. C'est un complice de mes parents, un vieil ami célibataire – camarade de lycée, témoin de mariage ? – qu'ils auraient perdu de vue. Mais il ne m'a jamais fait signe.

C'est la bonne saison pour profiter de Paris. Professeur en goguette, je me promène à Saint-Germain-des-Prés. Les invités d'un mariage s'attardent sur les dalles du parvis de l'église romane. Dans le square voisin, je reconnais à peine le buste d'Apollinaire. Pour trouver un peu de fraîcheur, j'entre dans l'église. Elle est presque déserte. Un homme, les mains jointes, prie sur un banc, psalmodiant des paroles que je ne reconnais pas. La semaine dernière, les touristes piétinaient entre les vitraux de la Sainte-Chapelle.

Je regrette la France des églises, des humanités grecques et latines. Je voudrais me dire que cette histoire n'est pas terminée. Les cafés littéraires du quartier sont bondés. Mais je doute que leurs clients en sac Chanel soient des lecteurs de Jacques Prévert et de Raymond Queneau. La librairie L'Écume des pages parvient à faire illusion. À l'intérieur, je crois encore que la littérature a de l'importance. Le kiosque qui fait l'angle vivote grâce aux étudiants de Sciences Po, venus acheter *Le Monde* et sa vulgate bruxelloise. Avec tous les écrivains de Saint-Germain-des-Prés, il doit être le mieux loti du quartier.

Transpirant, je marche rue Jacob, qui ressemble à une galerie d'art. Au 26, je découvre l'immeuble qu'occupait Alain Juppé à son entrée à Matignon. Grâce à sa fonction d'adjoint aux Finances de la Ville de Paris, il payait un loyer réduit. La polémique sur cet avantage, lancée à l'automne 1995, l'a contraint à déménager. Presque trente ans après, avec sa grille en fer forgé, l'immeuble garde une part de mystère, comme un mauvais lieu. Nestor

Burma aurait pu enquêter ici, pousser d'une main décidée cette grille qui s'ouvrirait dans un grincement. Une plaque en l'honneur du dessinateur Wolinski, assassiné en 2015 par des terroristes islamistes dans les locaux de *Charlie Hebdo*, a été apposée dans la rue voisine.

Enfant, je prenais des cours de Talmud Torah, le mardi soir, en face de l'église de Saint-Germain-des-Prés, tout près de la rue de Rennes. C'est mon père qui venait me chercher. Il arrivait toujours en retard, le pas pressé, la tête encore pleine d'une lecture ou d'une conférence, balançant son cartable en cuir au gré du vent. Mais dans mon souvenir, il ne m'a jamais oublié.

Un de ses anciens collègues, Christophe Barbier, a décrit sa silhouette « avenante et humble, qu'aurait pu dessiner Sempé, qu'il aimait » : « Dans la rue, dans l'hiver, il avançait contre le vent, d'une houppette volontaire, et son cartable empli de livres semblait l'amarrer à notre monde. » Et c'est vrai qu'avec sa houppette poivre et sel, ses fines lunettes, sa peau rose et son écharpe autour du cou, mon père aurait pu être dessiné en couleurs pastel.

Comme pour se faire pardonner son retard, il m'achetait *Picsou Magazine* au kiosque du coin, ou bien des marrons chauds emballés dans du papier journal. Puis nous montions dans un taxi. À cause de la tour Montparnasse, qui bouchait la rue de Rennes, je me croyais à Tokyo.

Cette série me parle d'un temps où la presse papier faisait partie du quotidien, où il était aussi naturel de passer au kiosque que d'acheter sa baguette à la boulangerie.

Nestor Burma lit *France-Soir*. Sans qu'on sache bien pourquoi, il est célèbre dans les gazettes. Dans *Le Cinquième Procédé*, il découvre – si l'on peut dire – sa propre mort à la « une ». Dans *Les Affaires reprennent*, il questionne un reporter dans les locaux de *France-Soir*. Ce sera sa seule incursion dans les arcanes du métier. C'est dommage. J'aurais aimé le voir enquêter dans les coulisses d'une rédaction, comme il le fait dans celles d'une secte, d'une agence de rencontres ou d'une résidence étudiante. Au commissaire Faroux, qui l'interroge sur ses lectures, il répond « *L'Équipe* ». Pourtant, au-delà des affaires qu'on lui confie, l'actualité ne le préoccupe guère.

La presse, je suis tombé dedans quand j'étais petit. Petit-fils et fils de journaliste, j'ai vu quelques rédacteurs en chef, comme des bonnes fées, se pencher sur mon berceau. J'ai grandi dans cette atmosphère, la pression du « papier » à rendre, les confidences intéressées. Rédactions enfiévrées, croche-pattes dans les couloirs, ministres agenouillés pour une interview, terreur du bouclage. On se damnait pour un entrefilet.

J'ai gardé chez moi quelques numéros poussiéreux, un trésor de famille. J'y plonge avec délices dans un autre monde : querelles de l'UDF (Union pour la démocratie française), éditos pondérés, fêtes de la rose du Parti socialiste. J'y retrouve chez les journalistes, aux côtés de mon père, une galerie de personnages : latiniste goulu, philosophe marseillais égaré dans la presse, conseiller d'État joufflu portraitiste de « femmes fatales », expert électoral démenti par les faits. C'est un rendez-vous d'honnêtes hommes, un régal pour l'esprit. Ces bateleurs humanistes savent marier la culture et la réclame. J'aime leurs papiers pleins de « trucs » de marionnettistes, leurs numéros remplis de recensions flagorneuses, d'enthousiasmes de commande, de publicités aguicheuses. Ce vertige de chutes et d'éditos renferme l'odeur du temps et la sagesse du monde. Je lui pardonne même les marronniers, ces dossiers qui reviennent d'année en année, comme le classement des meilleures écoles ou des meilleurs vins.

De cette période faste, j'ai été le témoin. Au *Point*, où mon père a travaillé dix-huit ans, on prenait l'avion pour un oui ou pour un non et on fêtait Noël sous le sapin de la rédaction du journal.

Mon père passait ses soirées dans sa chambre, à taper ses articles en sifflotant un air de Bach ou de Trenet. Ses enfants avaient le droit de le déranger. Et je me demandais par quel miracle ces mots épars sur l'écran de son Mac se retrouveraient dans le prochain numéro. Chaque semaine, il chroniquait la fin d'un monde. Il s'attendrissait aussi sur le drame des « fils de », condamnés à vivre dans l'ombre de leur père. Par exemple dans ce portrait qui commençait par ces mots : « Depuis l'âge de vingt ans, Jean Mauriac n'a jamais cessé d'écrire. Non pas des romans ou un *Bloc-notes*, comme son illustre père. Ni même un journal à la manière du *Temps immobile* de son frère aîné, Claude. Mais seulement des dépêches d'agence, encore des dépêches. Comme une ascèse sans fin, un calice bu jusqu'à la lie par un fils éperdu et écrasé… Car c'est peu de dire qu'il ne fut pas un père très affectueux, le romancier à la petite moustache noire et aux traits émaciés, que l'on aperçoit, dans le salon de Jean Mauriac, sur un tableau signé de Jacques-Émile Blanche. Obsédé par son œuvre et ses déchirements intérieurs, François Mauriac ne se préoccupa guère des "quatre petites vies" qui grouillaient autour de lui.

Bien que couvé par sa mère, le petit "Jeannot" a souffert, plus encore peut-être que ses sœurs, de la préférence de son père pour son aîné, Claude, et de cette indifférence. »

Le mardi ou le mercredi, je ne me souviens plus, mon père revenait très tard à la maison : c'était soir de bouclage au *Point*. Souvent, aussi, il partait en voyage, et ma petite sœur et moi guettions son retour avec impatience. Un jour, il nous a offert un ballon en cuir aux couleurs du club de Nice, dont il était allé interroger l'entraîneur. Peut-être à ma demande, je suis venu le voir à la rédaction, dans son bureau qui croulait sous les livres.

À défaut d'une présence, j'ai le papier en héritage. Ces journaux, je les lis et relis, pour contrecarrer le temps. Je les ai tellement feuilletés, au cours de nuits d'insomnie, qu'ils sont comme un passeport pour le sommeil. La couverture est rêche, l'odeur du papier jauni – et presque brun sur les bords – un peu écœurante. Vingt ans plus tard, je rêve d'être coopté dans le cénacle de ses journalistes. Mais beaucoup d'entre eux sont morts, et les autres ont vieilli.

Je suis tombé amoureux de la presse écrite au mauvais moment, quand elle était déjà une queue de comète. Avec l'irruption d'Internet, les Français se sont détournés du papier, comme s'il leur brûlait les doigts. Il suffit d'entrer dans un kiosque pour constater l'ampleur des dégâts. On y vend deux fois plus cher qu'avant des journaux déplumés. De vieux messieurs, courbés par l'âge, viennent en claudiquant chercher leur exemplaire du *Monde* ou du *Figaro*. Les rédactions décimées, contraintes de passer à l'*open space* puis au *flex office* pour limiter les coûts, regrettent le temps de leur splendeur passée. Elles n'ont à offrir que des stages aux aspirants journalistes. Les maisons de la presse qui égayaient nos vacances ont presque toutes fermé leurs portes. Je mesure le désarroi des kiosquiers, condamnés, pour survivre, à vendre des chewing-gums ou des barres chocolatées.

France-Soir est devenu un site internet plus que controversé. Les hebdomadaires ont féminisé et rajeuni leur rédaction. Ils se passionnent pour les innovations de la tech, le métavers, et nous annoncent avec un mélange d'effroi et de délectation le « monde qui vient » : CIA, menaces sur Taiwan, mégafeux. Des académiciens s'obstinent à y publier des chroniques littéraires. Mais les humanités peinent à y trouver leur place. La rédaction du *Point* a quitté la rue de Rennes pour la grisaille d'un immeuble de Balard, dans le XVe arrondissement. Quelque chose s'est perdu en chemin.

Au gré des nouvelles formules et du redéploiement numérique, la presse écrite n'en finit pas de se réinventer. Mais on ignore si elle existera demain. Et les jeunes générations n'ont pas pris l'habitude de la lire. Nos enfants n'entreront jamais dans une maison de la presse. Ils ne verront pas les revues étalées sous leurs yeux, ne connaîtront pas le bonheur d'en ouvrir une au hasard pour en humer l'odeur. Il faudra leur garder quelques exemplaires, comme des trésors ou des pièces à conviction.

Acheter un journal est devenu un luxe. Je n'ai pas renoncé à la presse papier, au rituel du passage au kiosque. Dans la rue, je m'étonne parfois de croiser un jeune homme, ses quotidiens et ses revues sous le bras – mais c'est mon reflet que je vois dans la vitre.

Je crois que nous sommes à deux doigts de commettre une erreur. J'ai conscience, comme les kiosquiers, de lutter pour une cause perdue. La presse écrite est comme la chèvre de monsieur Seguin, là-haut, dans la montagne, qui se sait condamnée face au loup mais, par orgueil, se battra jusqu'au bout de la nuit. En attendant que le papier devienne une denrée rare, chaque achat est une revanche sur la catastrophe annoncée.

Dans la presse des années 1990, je cherche des avatars à Nestor Burma. Avec sa calvitie et sa mince silhouette, l'ancien Premier ministre Alain Juppé lui ressemblait un peu. Il lui manquait certes le teint hâlé et les longues pattes de Guy Marchand. Il était aussi plus élancé encore, et si sec qu'on le comparait à un pin des Landes. Mais il y a un petit air de famille.

J'ai lu *La Tentation de Venise*, son carnet de bord des années 1991-1993, passées dans l'opposition. Juppé a déjà été ministre – du Budget pendant la première cohabitation (1986-1988), dans le gouvernement de Jacques Chirac – et aspire à le redevenir. Sa famille, ses amis, n'existent pas ici. Son livre brûle du désir qui l'aura consumé. Cet esprit brillant raconte chaque jour à la pointe sèche : les congrès du RPR, les débats sur l'armée de métier, les interviews ratées sur Antenne 2, la guerre du Golfe. En anglais, on le dirait *too clever by half* : incapable de dissimuler son intelligence, au risque de froisser les autres. Député du XVIIIe arrondissement, il bâille dans les réunions de quartier. En 1995, il se souviendra de ses origines aquitaines pour briguer, avec succès, la mairie de Bordeaux.

Dans ce vieux livre, je trouve la confirmation que je cherchais : les années 1990 étaient si tranquilles. Juppé s'inquiète bien des défis que poseront un jour la surpopulation, des gaz à effet de serre, mais il s'en préoccupe moins que des foucades de Philippe Séguin, son rival du RPR (Rassemblement pour la République), qui lui dispute la confiance de Jacques Chirac.

En identifiant à Nestor Burma un inspecteur des Finances, je m'expose quand même à quelques déconvenues. Juppé, je le vois mal jouer du saxophone ou prendre sa secrétaire par les hanches. C'est un Burma sans le rêve, dont le sérieux éclate à toutes les pages. Je l'imagine à Montmartre, fêtant les vendanges dans le clos de vignes, l'air un peu emprunté parmi les habitants de la butte.

Tant pis pour Alain Juppé, qui ne sera jamais qu'un Burma de rechange.

C'est le 14 Juillet. Dans une atmosphère de kermesse ou de fête foraine, des chars couleur kaki stationnent sur la place de la Nation, attirant les curieux. Des soldats patrouillent fièrement sous les statues de Philippe Auguste et de Saint Louis, drapées dans leur majesté. Il flotte le souvenir de l'attentat du 14 juillet 2016 à Nice, où un terroriste a roulé, au volant de son camion, sur la foule venue assister au feu d'artifice.

Amoureux de la presse, je suis condamné à suivre l'actualité. Elon Musk, l'un des hommes les plus riches du monde, a renoncé à racheter Twitter. Interrogé à la télévision, Emmanuel Macron affirme à propos du réchauffement climatique : « L'urgence est déjà là. » Des incendies ont eu lieu en Gironde. De notre vivant, annonce un expert, nous ne reverrons pas les forêts perdues. Des scientifiques et des élus se préparent aux vagues de chaleur à cinquante degrés. « La question de l'habitabilité se pose à moyen terme à Paris si l'on ne fait rien », affirme un autre spécialiste. Dans quelques jours, nous serons en vigilance rouge canicule. Et ce flot d'informations laisse une impression d'apocalypse, dans cette France ingouvernable, sans professeurs et sans soignants, aux cinémas déserts.

Pour oublier la catastrophe qui guette, je lis une aventure d'Arsène Lupin : *Les Dents du tigre*. Je n'ai pas trouvé de meilleur remède à la mélancolie que les récits de Maurice Leblanc. J'aime cette idée d'un livre comme refuge contre le monde.

Face à la tyrannie des chiffres et des prévisions, je me plonge dans une chasse au trésor. Arsène Lupin, anarchiste devenu chevalier servant de la veuve et de l'orphelin, s'amuse à tourmenter l'inspecteur Ganimard. Ce héros sémillant, et toujours si près de son désir, sillonne les routes de Normandie au volant de son automobile. Il est tellement français dans son ardeur primesautière, sa gaieté d'homme des Lumières. Un élan vital le pousse, d'abord à voler, ensuite à venir à la rescousse de la veuve et de l'orphelin. Au passage, il rend quelques services à la patrie. Haines ataviques, testaments oubliés, créatures délicieuses coiffées à la garçonne et abritées sous une ombrelle, proies renversées sur un divan. Géopolitique et bagatelle : dans l'Europe des diplomates et des ambassadeurs, le bandit au grand cœur, patriote inattendu, tient tête au Kaiser, au bey de l'Empire ottoman.

Arsène Lupin, c'est le pur plaisir de raconter, une intrigue qui vous emporte comme une cavalcade. En lisant *Les Dents du tigre*, on tremble pour Coralie, cette infirmière qui soigne les blessés de guerre. Mais les récits de Leblanc n'ont rien d'innocent ou d'aimable. Ils regorgent de supplices d'un sadisme raffiné, de femmes torturées, de tyrans au visage grimaçant de haine et de convoitise. Le plus grand des conteurs aime faire souffrir les jeunes filles en fleur.

Ce monde, comme celui plus tard de *Nestor Burma*, obéit à la seule loi du désir. Dans sa sève, dans la gaieté d'*Arsène Lupin*, je cherche le secret d'une éternelle jeunesse. Maurice Leblanc est un auteur du matin : ses meilleures pages sont toujours les premières.

Mais ce succès populaire ne le comblera pas. Lui aspirait à être reconnu comme un grand écrivain, et souffrait d'être ramené sans cesse à son célèbre personnage. Il n'égalera jamais ses maîtres, Flaubert et Maupassant, dont les icônes trônaient dans son bureau.

Même si flux et algorithmes rendent la lecture chaque jour plus difficile, je ne me fais pas de souci pour *Arsène Lupin*. Je crains seulement d'en arriver au bout. Ce que j'ai de plus précieux est mon désir.

Je marche dans le Marais, le quartier de mon enfance. J'y ai grandi à l'abri du monde, comme dans un dessin de Sempé, protégé par les grilles des hôtels particuliers qui ont échappé aux bons soins du baron Haussmann. Enfant, je croyais que la France ressemblait au IIIe arrondissement, que le président Chirac, radical-socialiste dissimulé sous des dehors martiaux, était fidèle au gaullisme. Déjà conservateur, j'étais le vilain petit canard de la colonie de vacances juive et socialiste où mes parents m'envoyaient chaque juillet. On m'y forçait à chanter l'*Internationale*. Je lui préférais la *Marseillaise*, que j'entonnais à tue-tête dans les trains, pour leur plus grand embarras.

Rue Elzévir, où nous habitions, ma chambre donnait sur le jardin de l'Institut culturel suédois. Un ancien hôtel particulier, l'hôtel de Marle, abrite depuis 1971 ce lieu, l'unique centre culturel dont dispose la Suède à l'étranger. Il y avait toujours du monde sur les chaises en rotin.

Le soir, mon père entrait dans ma chambre pour me lire un manuel d'histoire illustré que je n'ai jamais réussi à retrouver. À l'âge où l'on rêve des roulettes marseillaises de Zidane, il me parlait de l'appel lancé à Londres par un général inconnu. Il me racontait la défaite de Vercingétorix, le faste du règne de François Ier, la poule au pot d'Henri IV. Il me faisait aussi découvrir des poèmes, comme « Après la bataille », de Victor Hugo : « Mon père, ce héros au sourire si doux, / Suivi d'un seul housard qu'il aimait entre tous… » Il évoquait son propre père, André, qu'il avait perdu, et me demandait de penser à lui.

Mon père et moi, nous jouions au foot dans le square d'à côté. Il s'émerveillait de la présence, dans l'alcôve qui servait de but, de bas-reliefs représentant les salamandres de François Ier. Je le revois taper dans un ballon avec sa technique de « vieux briscard », comme il disait. Il me reconnaissait quelques qualités dans ce domaine.

Avec mes parents, ma sœur et mon frère, nous déjeunions le samedi midi, à la sortie de l'école primaire des Quatre-Fils, dans un restaurant aveyronnais. Ou nous mangions des crêpes chez Suzette, à l'angle de la rue Elzévir. Je lisais *Sam et son papa*, une bande dessinée aux traits naïfs où un père et son fils se sourient, béatement juchés sur un vélo. Et *Le Match de foot* qui dura tout un été, un récit où un enfant de Bagnolet part faire le tour du monde pour jouer avec des autochtones, de Badgad au pôle Nord en passant par Bamako.

Souvent, le samedi midi, la voiture de mes parents nous attendait, ma sœur et moi, au bout du trottoir, à la sortie de l'école. Nous passions le week-end à la campagne, dans la maison du Petit Courcelles, à la limite de l'Île-de-France et de la Bourgogne. Mon père tenait à conduire : en récompense, ma mère lui chatouillait la nuque. Lors du retour à Paris, le dimanche soir, nous étions déjà en pyjama.

L'été, nous partions en vacances, avec des familles d'amis, dans une maison de Toscane. Nous organisions chaque année une chasse à l'homme réunissant adultes et enfants. Les « gibiers » se cachaient dans l'immense jardin pour échapper à la traque des chasseurs. Mon père refusait obstinément de participer.

Une année, pourtant, à force d'insistance, nous avons réussi à le faire céder : il a accepté de jouer en tant que gibier. Il est resté invisible pendant toute la partie. Pour une première fois, c'était un coup de maître. À la fin de la chasse à l'homme, nous avons crié à travers le jardin pour lui dire de quitter sa cachette : pas de réponse. Peu à peu, notre admiration devant ses talents de gibier se transformait en inquiétude. Nous commencions à nous alarmer quand enfin il est réapparu, les mains dans les poches, en sifflotant. Il avait passé toute la partie dissimulé dans le verger, au-delà des limites du terrain, à contempler les étoiles.

Paris en juillet, c'était mon rêve quand je souffrais dans ma colonie de vacances juive et socialiste. Je n'attendais qu'une chose : que mes parents viennent me chercher. Chacune de mes lettres était un appel au secours. Eux m'envoyaient des cartes postales qui se voulaient rassurantes. Mon père : « Nous pensons tous à toi très fort. Est-ce que la Bourgogne te plaît ? Moi, j'ai un peu le blues de ne pas pouvoir parler de foot avec mon fils adoré. » Ma mère, plus tard : « Je suis désolée de savoir que tu ne te plais pas dans la Nièvre. Tu sais, Paris déserté par les Parisiens est un peu triste et nous avons hâte de partir tous ensemble. » Lors de la journée portes ouvertes où ils m'ont rendu visite à mi-séjour, je les ai suppliés de me ramener avec eux. C'était au milieu des années 2000, et depuis, je crains de n'avoir pas grandi.

Seul le foot aurait pu me consoler. Mais en juillet 2006, la France perdait aux tirs au but la finale de la Coupe du monde face à l'Italie. Quelques jours plus tôt, dans le salon de notre appartement parisien, mon père et moi sautions de joie quand Franck Ribéry, un jeune attaquant prometteur et au visage marqué d'une balafre, égalisait en huitièmes face à l'Espagne.

Dans une carte postale écrite dans la foulée, mon père m'a promis que nous gagnerions la prochaine fois, en 2010. Je lui dois d'ailleurs aussi une bande dessinée, réalisée par ses soins, où il m'imagine mener la France à la victoire lors de la Coupe du monde 2018. J'y ai des traits enfantins, une raie sagement plaquée sur le crâne et, malgré mon physique un peu frêle, je marque un triplé contre le Sénégal.

J'ai pensé à lui en 2018, quand nous avons remporté la Coupe du monde qu'il m'avait promise pour 2010. Mais les pères ne tiennent pas toujours leurs promesses.

Paris n'est pas devenue Monopolis, la mégalopole imaginée par Luc Plamondon et Michel Berger dans l'opéra-rock *Starmania*. Nous n'avons pas un « numéro dans le dos et une étoile sur la peau », mais un QR code et des données de géolocalisation. Des anarchistes n'ont pas fait exploser des bombes dans des boîtes de nuit, mais des terroristes islamistes ont commis un carnage sur les terrasses de cafés et au Bataclan.

Ici, à l'ombre des hôtels particuliers, j'ai du mal à croire les rapports du GIEC, tant leurs prévisions me paraissent vertigineuses. Et pourtant, nous avons déjà dépassé, une fois de plus, les normales de saison. Ce sont les premiers signes de l'enfer qui nous est promis. La Normandie se couvrira bientôt de cyprès comme la Toscane. D'après les augures, il nous reste quelques années heureuses. Montherlant écrivait : « … Ce qui est tragique chez les anxieux, c'est qu'ils ont toujours raison de l'être. » J'ai vu Paris sous les eaux, la côte basque invivable.

Le Paris de mon enfance était gris trottoir : pavé mouillé, arbres dépenaillés, taxis G7, cabines téléphoniques, bitume couleur pigeon. Aujourd'hui, la ville est un peu plus verte. On y aménage des îlots de fraîcheur. Bientôt, certaines rues seront entièrement piétonnes. Avec Paris Plage, l'ancien maire Bertrand Delanoë était visionnaire.

Je marche dans les rues de ce paradis condamné, à la recherche d'une fontaine. J'aimerais vivre sans penser à demain. Le Marais n'a pas encore compris que le monde avait changé. À part le magasin The Kooples, madame de Sévigné, qui y a vécu, s'y reconnaîtrait peut-être si elle s'y aventurait en 2022. Place Dauphine, à côté de la statue d'Henri IV, on joue à la pétanque sous le soleil. Dans un restaurant, un gâteau poudré de sucre est exhibé sous cloche – je le voyais déjà, adolescent, sur le chemin du collège.

De retour chez moi, place de la Nation, je rouvre ces vieux journaux poussiéreux et dont les pages me collent aux doigts, un peu coupable de m'abandonner aux délices de la nostalgie. Avec ma collection de numéros du *Point*, ces trésors rouges posés en évidence sur les étagères du salon, mon appartement ressemble à un mausolée. Seul dans ce deux pièces de vieux garçon, cerné de revues et de livres, je replonge dans le temps d'avant. Les rideaux fermés, je regarde encore et encore les mêmes films de cape et d'épée ou d'espionnage, dont je connais par cœur la moindre réplique. Je lis jusqu'à plus soif des romans d'aventures et des enquêtes policières. Dans ce monde où la laideur, les pandémies et la mort n'existent pas, je suis un agent secret bondissant, un preux chevalier ou un voleur magnifique qui délivre des captives en tenue légère.

Dans son dernier livre, l'actuel ministre de l'Économie se dit convaincu que nous vivons un âge d'or, sans même l'avoir remarqué. Et s'il avait raison ? Il faudrait alors accepter l'incertitude du présent, acquiescer à l'avenir. Et se réconcilier avec le monde. Peut-être, dans vingt ans, regarderons-nous cette décennie 2020 d'un bon œil. Julien Gracq repérait dans *Notre avant-guerre* de Brasillach, ces « Mémoires d'un homme de trente ans », « la faculté curieuse qu'il avait de ressentir son époque, presque au jour le jour et sans aucun recul, comme un futur bon vieux temps ». J'aimerais avoir ce don.

Alors je m'efforce de profiter du présent. Ce samedi soir, sur un quai de Seine, les eaux du fleuve scintillent, et la musique est trop forte. Je regarde danser les filles en buvant des mojitos. Dans leurs jupes en cuir, leur insouciance, elles ressemblent à celles de *Nestor Burma*. Elles ne sont pas moins jolies qu'il y a trente ans. Simplement préoccupées d'autre chose. La cruauté des applications de rencontres, le mirage de Tinder ne les effarouchent pas, et elles se moquent bien du sort de la presse papier. Ce sont elles qui ont raison.

Le présent aussi a ses avantages. Grâce à la 4G, je peux lire *L'Équipe* partout et n'importe quand sur mon téléphone. Mais je voudrais échapper au flux des notifications. Les messages que je reçois sur WhatsApp ou Messenger ne sont jamais ceux que j'attendais. Déjà, le narrateur de *La Recherche du temps perdu* souffrait de guetter en vain l'appel de l'être aimé. Aujourd'hui, les informations livrées par les applications de messagerie – le destinataire a-t-il lu notre message ? est-il connecté en ce moment ? – ne font que raffiner nos instruments de torture.

Moi-même, je suis sur la mauvaise pente. À cause des messageries instantanées, des pastilles vidéo diffusées sur les réseaux sociaux, le téléphone devient une tentation de chaque instant, et la lecture un défi chaque jour plus difficile à relever.

Ce soir, que cherchons-nous à oublier ? Les attentats, le Covid, la guerre en Ukraine, le vertige d'un futur qui s'obscurcit ? Hier, j'ai lu dans le journal : « L'interrègne est bien l'état spirituel, moral, et politique dans lequel nous nous trouvons. L'interrègne, préparons-nous-y, sera de très longue durée ; il ouvrira sur des transformations politiques, écologiques, sanitaires, démographiques et culturelles dont nul ne sait prédire la nature exacte malgré tous les moyens dont nous disposons pour lire l'avenir. »

Sur ce quai qui a vu passer tant d'amants et de poètes, je suis pourtant en compagnie de la jeunesse dorée, éduquée comme moi à l'abri du monde. Mes voisins, des trentenaires assis sur des bancs en bois, parlent d'une *start-up* spécialisée dans l'« IT » (pour « Information Technology », ou « technologies de l'information »). Je comprends à peine la moitié de leurs anglicismes et j'ai envie de les jeter à la Seine. Je suis passé à côté de ma génération.

Le présent, je le préfère dans la torpeur de ces dimanches, sur le chemin du foot, avec au fond du sac un *Journal du dimanche* acheté à un vendeur à la sauvette, place de la Nation. Je prends le métro de bon matin pour rejoindre des amis à Ivry, dans un ancien hangar reconverti en complexe sportif, à quelques centaines de mètres du pont de Tolbiac. Sur le terrain synthétique, je retrouve des sensations d'enfance. J'aime la vigueur de nos corps, le crissement des filets quand le ballon rentre, la partie qui se prolonge au-delà de l'horaire imparti, et cet étrange délassement qui suit le match.

Depuis que Nestor Burma est entré dans ma vie, j'ai l'impression d'être quelqu'un d'autre. Comme lui, je veux draguer la boulangère, séduire les call-girls et les hôtesses de l'air. Mais parfois, l'enchantement de cette série me pèse. Car je l'aime aussi par terreur du présent, ce monde où rien ne peut m'arriver.

À la vue d'un bateau-mouche voguant sur la Seine, je pense à ma bar-mitzva, fêtée sur une péniche en avril 2008. Il restait à mon père moins d'un an à vivre, il ne le savait pas encore. Je le revois à la synagogue, sa kippa sur la tête comme un couvre-chef impromptu. À la fin de la cérémonie, je suis venu l'embrasser sous les applaudissements de ma mère, qui écrasait une larme. Ses yeux à lui brillaient de fierté derrière ses lunettes cerclées. Que dirait-il de l'homme que je suis devenu ? J'aurai bientôt l'âge qu'il avait à ma naissance et, faute de réponse, je n'ai pas fini de me poser cette question.

Pour échapper à la nostalgie, j'ai décidé de partir à Londres. Gare du Nord, je tends mon passeport à un policier ensommeillé, je passe les contrôles biométriques et je m'engage sur le quai de l'Eurostar. Dans deux heures, après avoir franchi le tunnel sous la Manche, je serai en Angleterre. Je profite, tant que les virus et les grévistes du rail me le permettent, de ce bonheur autorisé.

Dans la rame, un écran affiche « *Welcome* à bord d'Eurostar ». J'arrive à Londres avec le jour. « *I love my time with you* », annoncent de grandes lettres roses sur la verrière de la gare de St Pancras.

Il faut passer le cap de la première nuit ici, et de ce mal de France qui vous étreint. Mais ensuite, Londres ressemble à un mirage. Dans son *Journal*, le critique littéraire Matthieu Galey écrivait que sa « fermeté s'y dissipait comme un brouillard ». Je me vois imiter ces voyageurs venus pour une semaine et qui ne sont jamais repartis. Il y a les clameurs de la Premier League, le championnat de football anglais, qui attire les meilleurs joueurs du monde entier. Le charme de ces noms qu'égrène de station en station, avec un fort accent tonique, la voix féminine du métro : Islington, Peckham, Bermondsey. Cette langue un peu barbare pour un Français, avec ses « w » et ses « th », et que Clemenceau comparait à du français mal prononcé. Sa vie politique plus trépidante que la nôtre, vaguement américaine : bipartisme encore bien installé, ministres interrogés sur le pas de leur porte. Ses jardins privés en pleine ville, que les habitants des beaux quartiers tiennent soigneusement sous clé. Ses bus à impériale rouge à la lenteur provinciale, d'où l'on voit défiler la ville. Ses immenses parcs où volent des papillons.

À côté de New York, de Lagos ou de New Delhi, la vieille Londres impériale évoque une province assoupie. Pourtant, le Français habitué à la torpeur hexagonale se croit ici aux avant-postes de la mondialisation. Il est vrai qu'en comparaison, Paris ressemble à un repaire d'ostéopathes et de notaires, un musée en forme de sous-préfecture.

De Londres, je goûte à mon tour l'hédonisme contre-nature. En été, cette ville de boutiquiers est d'une langueur délicieuse. Je longe un château de conte de fées : le palais de justice dont parle Charles Dickens au début de son roman *La Maison d'Âpre-Vent*. À voir les cerisiers en fleur le long de la Tamise, on se croirait au Japon. Londres n'est pas avare en dépaysement : façades victoriennes, policiers en turban, palmiers impromptus, pubs anti-napoléoniens. Avec le réchauffement climatique, elle ressemblera peut-être bientôt à une cité balnéaire. Aujourd'hui, il suffit d'un rien pour s'y croire dans une « rom-com », ces comédies romantiques onctueuses dont les Britanniques ont le secret.

De même que le rêve américain, il existe un rêve anglais, alimenté par ces histoires d'exil heureux. Dans *Coup de foudre à Notting Hill*, on perçoit l'optimisme des années au pouvoir de Tony Blair (1997-2007), celles de la « Cool Britannia ». William Thacker, un libraire divorcé, y renverse du jus d'orange sur Anna Scott, une star hollywoodienne de passage à Londres. C'est un film où l'Angleterre classique prend sa revanche sur l'Amérique triomphante. Thacker, jeune homme à l'allure romantique et à la culture oxfordienne, y séduit, à force de *self-depreciation* et de délicatesse, une reine des plateaux issue de l'Amérique profonde. Le scénariste du film est Richard Curtis, Australien de naissance et visage poupin. L'Angleterre, il a dû la rêver avant de la connaître, comme Romain Gary la France.

De façon involontairement drôle, le film présente Notting Hill comme un petit quartier sans prétention. William Thacker dit à Anna Scott, pour bien marquer la différence qui les sépare : « *You live in Beverly Hills, I live in Notting Hill... Everyone in the world knows who you are, my mother has trouble remembering my name.* » Cette enclave comporte déjà à l'époque des jardins privés, réservés aux seuls habitants. Et le Notting Hill de l'époque, celui des années Blair, est presque plus séduisant que celui d'aujourd'hui.

Je découvre aussi le quartier de Pimlico, où s'enfilent les maisons blanches en stuc de style Régence, au sous-sol défendu par des grilles. Westminster et la Tamise sont à deux pas. C'est là que j'aurais aimé grandir : une église où l'on frissonne en hiver, un terrain bleu turquoise où les écoliers de la Pimlico Primary School, vêtus de chasubles, jouent au handball.

Le soir, assis au fond d'un pub à la musique assourdissante, dans les effluves de bière et de *fish and chips*, j'imagine mon enfance anglaise. Porter un uniforme, admirer Guillaume le Conquérant, attendre en vain une Coupe du monde qui m'échappe depuis 1966. J'aurais voulu vivre dans la « Cool Britannia ». Je me vois déjà échapper aux gilets jaunes, confier mon sort à la NHS (« National Health Service »), l'institution nationale de santé, que les Britanniques révèrent comme un trésor.

La presse conserve ici une place particulière. Elle est partout dans *Coup de foudre à Notting Hill*, où William Thacker se fait passer pour un reporter de la revue équestre *Horse and Hound*, où Anna Scott et lui sont pourchassés par les tabloïds. L'*Evening Standard*, le journal disponible gratuitement dans le métro londonien, mélange distinction et vulgarité, stars d'Hollywood gantées et têtes couronnées. Chaque jour, je me gave de ces quotidiens britanniques à l'encre encore fraîche, qui abondent en recettes de cuisine, en chroniques mondaines et en études scientifiques sur les papillons.

Français en vacances, je me sens bien dans ce pays que mes parents auront si peu connu, eux qui n'ont pas eu la chance d'appartenir à la « génération Erasmus ». Un lieu, aussi, que la mort n'aurait pas souillé. Il n'y a plus de Burma et d'Hélène, leurs amourettes et leurs enquêtes ne me concernent plus. Ce rêve que je caresse, c'est celui d'un pays où le drame serait aboli.

Mais depuis le Brexit, le Covid et la guerre en Ukraine, quelque chose a changé. Les files d'attente de l'Eurostar se sont allongées, et les trains raréfiés. Les billets d'Eurostar coûtent plus cher qu'avant, ce qui est une performance. L'Angleterre semble moins accueillante. La ministre de l'Intérieur, Priti Patel, a annoncé aujourd'hui qu'il faudrait bientôt aux Européens, jusque-là exemptés de visa, une autorisation de voyage électronique pour se rendre au Royaume-Uni. En cas d'obtention, cette dernière permettra de passer 180 jours seulement sur le territoire britannique. Nous ne pourrons plus faire comme Anna Scott, qui, à la fin du film, annonce tout à trac, lors d'une conférence de presse, son intention de rester en Grande-Bretagne « indéfiniment ».

Après deux ans d'absence pour cause de contraintes sanitaires, c'est un autre pays que je retrouve. Les touristes sont plus rares, les Londoniens aussi : en vacances, en télétravail ? À Notting Hill, au milieu des maisons aux couleurs pastel, j'ai l'impression d'une fête terminée. Les soubresauts du monde n'épargnent pas cette île que je croyais naïvement préservée. L'an dernier, la compagnie Eurostar a frôlé la faillite. Les Britanniques ont connu cet été une canicule à laquelle ils ne sont pas habitués, eux que le moindre rayon de soleil effarouche. L'inflation britannique est au plus haut depuis quarante ans, et les économistes craignent une récession prochaine. L'hiver 2022-2023 s'annonce terrible pour les foyers, s'alarme la presse.

Bien sûr, ce n'est plus le Londres des cabines téléphoniques. Vingt-six ans après son inauguration, l'Eurostar, cette prouesse technique digne d'un roman de Jules Verne, ne fait plus fantasmer. À Notting Hill, la librairie de William Thacker est devenue un magasin de souvenirs consacrés au film. L'ombre de ce personnage, ainsi que celles d'Anna Scott et de Spike, son hilarant colocataire gallois, hantent encore le quartier. C'est à cause d'eux que les prix ont flambé.

Pourtant, l'Angleterre est toujours là, comme un rêve à portée de main. Est-il temps d'aborder à cette autre rive ? Il faudra simplement changer de prises électriques, s'habituer aux accents de la BBC. Accepter, aussi, les contraintes de la colocation, rendue nécessaire par la démesure des loyers londoniens.

Il y a deux ans, j'ai eu cette tentation, avant d'y renoncer. Combien de Français sont-ils partis sans espoir de retour, avant de comprendre à quel point la baguette et le fromage leur manquaient ? Si je les avais imités, j'éprouverais sans doute la même nostalgie.

À vrai dire, l'Angleterre que j'aime ressemble à la France. On y raffole des boulangeries Paul, donne à une école le nom de Jeanne d'Arc, vante à longueur de journal l'élégance parisienne et la gastronomie hexagonale. Le seul problème, c'est que les stations de métro Trafalgar et Waterloo célèbrent nos défaites. Parmi les Anglais que je fréquente, des étudiants rêveurs, au contraire, s'éprennent de la France. Ils aiment la Nouvelle Vague et croient que Paris est encore la ville des années 1960 filmée par Godard et Truffaut. Je n'ose pas les détromper.

Je me rassure en me disant que ma capitale est la plus belle des deux. On n'y trouve pas ces façades défraîchies et souillées de suie qui évoquent une page de Dickens, ces angelots au-dessus des banques, ces moulages corinthiens. Je me vois mal la quitter pour de bon. Peut-être n'y a-t-il rien de plus doux que de vivre entre deux langues, entre deux rives, et de reporter son voyage. Lire le *Guardian* pour tout savoir de son futur pays, se demander quel match on ira voir à Stamford Bridge, le stade de Chelsea, rêver d'une maison pastel à Notting Hill.

Il est temps de retrouver la gare du Nord, ses skateurs et ses punks à chien. J'ai comme l'impression qu'Hélène et Nestor, agacés de ma fugue, m'attendent sur le quai.

À mon retour, je respire encore l'Angleterre. Je crois que demain, je lirai le *Daily Telegraph* et l'*Evening Standard* plutôt que *L'Express* et *Le Figaro*. La mélodie de sa langue résonne encore dans mes oreilles, et ma chambre me semble moins familière. Pendant quelques jours, ou quelques heures au moins, je vivrai dans un halo anglais, place de la Nation. Mais bien vite, malgré mes efforts pour prolonger ce moment, la France me ressaisira. Je n'aurai fait à Paris qu'une seule infidélité.

Il me reste à regarder un dernier épisode de *Nestor Burma*, le seul qui ait jusque-là échappé à ma compulsion. Je tourne autour sans jamais oser le lancer. Ça voudrait dire que l'histoire est finie. Je ne veux pas couper ce fil qui me relie à mes parents. Et puis cette dernière enquête se déroule à Montmartre, où mon père a grandi.

Je préfère imaginer l'ultime aventure de Burma dans un autre quartier. Puisque *Casse-pipe à la Nation* n'est pas très convaincant, mon histoire se déroule chez moi, dans le XIIe arrondissement.

Tout est là ou presque, sur mon ordinateur. Il me reste à écrire les répliques de cet épisode qui ne sera jamais tourné. J'ai gardé la structure habituelle : un meurtre est commis, Burma soupçonne d'emblée l'identité de l'assassin – un commissaire véreux –, tandis que les policiers Faroux et Fabre se lancent tête baissée sur une fausse piste.

En guise d'ouverture, Hélène réveille Nestor sur le canapé de l'agence. Ils devisent ensemble du déroulement de l'enquête, lui fumant sa pipe, elle, dans son tailleur gris, prenant des poses suggestives. Ses interlocuteurs répètent à l'envi son nom sonore. Puis il déjeune avec le commissaire Faroux à la terrasse suspendue d'un restaurant chinois. Évidemment, la serveuse est jolie. Pour les besoins de son enquête, il fait en voiture le tour de l'arrondissement : on le voit rouler place Daumesnil, à Reuilly-Diderot, faubourg Saint-Antoine, à la Bastille.

Malgré ma préférence pour Natacha Lindinger, je n'ai pas encore choisi mon Hélène. Celle-ci est en danger, comme lors de son enlèvement par un truand de Caracas dans *Du rébecca rue des Rosiers*. Mais une fois de plus, Nestor Burma parvient à la sauver. À la fin de l'épisode, magnanime, il lui accorde un baiser. Quand les notes du générique résonnent, on le voit la quitter et s'éloigner seul, mains dans les poches, sur la place de la Nation. L'image se fige, et la chanson du générique commence : « Quand toute la ville dort, Nestor vient mettre son nez dehors... » Cette fois, c'est la bonne : il faut dire adieu à *Nestor Burma*.

Bien sûr, j'ai fini par regarder ce dernier épisode. Dès les premières minutes de *Nestor Burma et le monstre*, on aperçoit la rue Lamarck, celle où mon père a grandi. On distingue même, au détour d'un plan, les fenêtres de l'appartement familial.

Au début, Hélène et Nestor sortent d'un bar du quartier. Il est éméché, elle essaie tant bien que mal de le faire marcher droit. Ils prennent la voiture. Soudain, un cadavre est projeté sur leur capot. L'ont-ils renversé, ou s'agit-il d'un meurtre maquillé en accident ?

L'épisode date de 1994. Au mur du commissariat où Nestor et Hélène sont emmenés, on aperçoit le portrait officiel de François Mitterrand. Aucun militaire ne monte la garde devant l'école juive de la rue Lamarck.

Nestor Burma et le monstre est un excellent épisode, l'une des réussites d'une série qui en compte finalement assez peu. Nestor y fait face à une garce angélique, peut-être la plus belle de toutes, alors que sur ce point la concurrence est rude. Mais comme je le redoutais, Hélène et lui ne se sont pas embrassés. J'en veux un peu aux scénaristes, qui préfèrent acoquiner leur héros avec des beautés de passage plutôt que d'unir le seul véritable couple de la série.

Je comprends les regrets de Jeanne Savary, l'une des interprètes d'Hélène, confiés au *Parisien* dans l'émotion de la fin de tournage : « Je suis surtout triste que n'ayons pas pu aller au bout de la série, qu'il n'y ait pas eu une fin appropriée. [...] Cela aurait été bien qu'il se passe quelque chose avec sa secrétaire, une *happy end.* »

Cet épisode m'a donné le courage de revenir à Montmartre. Je prends le métro et je descends à la station Anvers, parmi la foule des touristes en sueur et les joueurs de bonneteau. J'entame l'ascension vers le Sacré-Cœur. À une fenêtre, la pièce où Truffaut a tourné une scène de *Baisers volés*, une des aventures d'Antoine Doinel : sa nuit avec madame Tabard. Après deux ans d'absence dus au Covid, les touristes asiatiques sont revenus. Je les vois, un peu inquiets, comme pris au piège, me regarder à travers la vitre de la cabine du funiculaire. L'agence de Burma, Fiat Lux, est en haut d'un des escaliers. C'est aussi là que, dans *La marieuse était trop belle*, il surprend un mari volage en flagrant délit d'adultère.

J'entre dans le cimetière. Mon père repose ici, à l'ombre des vignes que l'on célèbre chaque année. Sur sa tombe, gravés en lettres d'or, son nom et cette double date dont la seconde me scandalise toujours : 1962-2009. On y a déposé des cailloux, conformément à la tradition juive, et un bouquet de fleurs. Et ici, comme à chaque fois, je revis les jours qui l'ont vu nous quitter prématurément.

C'était en février 2009. Nous passions nos vacances avec des amis à Molines-en-Queyras, une station de ski des Hautes-Alpes. J'allais avoir quatorze ans et j'entrais dans l'adolescence. Je n'aimais pas la neige, les combinaisons, les tire-fesses qui me faisaient invariablement chuter sur des pistes lunaires. Mon père, lui, ne skiait pas du tout. Il se plaignait d'avoir à finir un article pour *L'Express*, où il venait d'être recruté après dix-huit ans passés au *Point*, au lieu de profiter de ses congés.

Un soir, lui et moi, nous nous sommes disputés. Sous l'effet de la colère, il a cassé ma console portable. Le lendemain, nous étions le 25, une date que j'attendais avec impatience car un jeu vidéo qui me faisait envie sortait ce jour-là. À midi, j'ai croisé mon père sur la terrasse de l'hôtel, où la vue donnait sur des monts enneigés. Impénétrable derrière ses lunettes de soleil, il m'a proposé de picorer des frites dans son assiette.

En fin d'après-midi, il est parti faire une promenade mais il n'est pas revenu. Il a été renversé par un chauffard qui roulait trop vite, un jeune du coin, en face d'un magasin de miel. Peut-être faisait-il déjà nuit. Il portait un manuscrit inachevé dans son sac à dos : un voyage amoureux autour de la France.

Je me rappelle le tact du policier venu nous relater les circonstances de l'accident, la commisération des clients de l'hôtel dans la salle à manger. Nous étions le fait divers dont on parlerait pendant des années.

En raison de la violence de l'accident, on nous a déconseillé de voir le corps. Le soir même, réunis dans une chambre d'hôtel avec des amis de vacances de mon âge, nous avons regardé *OSS 117 : Le Caire, nid d'espions*, un pastiche de film d'espionnage. Un agent des services secrets français y séduisait une princesse égyptienne dans un appartement luxueux, et je me demandais où étaient ses parents. Depuis, je n'arrive pas à me défaire d'une fascination pour les espions gominés, les femmes fatales en robe satinée et les enveloppes kraft contenant des documents confidentiels. Malgré mes efforts pour m'en extraire, je suis comme enfermé dans l'univers dérisoire de ce film.

Les jours suivants, je me souviens d'un vent glacial et de longues heures d'attente. Seul dans une chambre qui n'était pas la mienne, j'ai vu le film *Little Miss Sunshine*. Que se passait-il pendant ce temps ? J'ai longtemps cru qu'on me cachait quelque chose.

Ensuite, une voiture nous a rapatriés à Paris, où j'ai manqué l'école pendant deux semaines. Par la fenêtre, je voyais défiler une forêt de pins.

Très vite, ce fut l'enterrement, l'église Saint-Pierre de Montmartre bourdonnant d'hommages, le sermon du prêtre, l'odeur de l'encens, la dernière prière devant le caveau. Et puis c'était terminé.

Nous ne sommes plus retournés au ski. Le chauffard, dont je n'ai jamais su le nom, a été condamné pour excès de vitesse, mais pas incarcéré. Scandalisée par ce verdict, ma mère a refusé pendant plusieurs années de voter aux élections.

La grand-mère du jeune homme lui a adressé une lettre de condoléances.

En apparence, la vie reprenait son cours. Nous étions de retour au travail ou à l'école, nous repartions en vacances en famille. Mais bien sûr, rien n'était plus comme avant. Dans cette histoire, chacun avait perdu un mari, un fils, un frère, un père.

Moi, j'étais le témoin de ce monde bouleversé. Des amis bien intentionnés me chargeaient, en tant qu'aîné de la fratrie, de veiller sur ma mère, cette jeune veuve éperdue de chagrin. Étais-je devenu, comme on me le disait parfois, le chef de famille ? Ma ressemblance physique avec mon père, déjà frappante à l'époque, ajoutait encore à la confusion des rôles. Adolescent embarrassé de moi-même, je jouais à l'homme mûr quand je n'aurais dû être qu'un lycéen. J'ai grandi penché sur une tombe.

Je sors du cimetière. Place de l'Atelier, je me rends devant le théâtre où, dans un épisode intitulé *Sortie des artistes*, Nestor Burma enquête sur la disparition d'une élève du cours d'art dramatique Vialard. Sur les marches du Sacré-Cœur, les touristes s'agglutinent pour profiter de la vue. Un garçon, assis sur un banc à l'écart, jette des miettes de pain aux pigeons. Quelle idée d'accomplir un pèlerinage familial dans l'un des quartiers les plus visités au monde.

Mes pas épousent la courbe de la rue Lamarck. Chaque semaine, mon père revenait à Montmartre déjeuner avec sa mère, elle-même ancienne journaliste. Je l'imagine claquant la portière d'un taxi, son écharpe au vent, puis butant sur les pavés inégaux du quartier pour la retrouver.

Ma grand-mère avait couvert des matchs de hockey pour *L'Équipe*, interviewé chanteurs et acteurs pour des magazines people aujourd'hui disparus. Elle avait arrêté tôt sa carrière afin de se consacrer à l'éducation de ses deux enfants. Mais elle restait intarissable sur la noblesse de cet artisanat : il fallait travailler à fond chaque article, même si les journaux s'envolent comme le vent. Elle savait ce métier racoleur par essence, et ne s'en effarouchait pas. « Pour être journaliste, il faut faire un peu la pute (en tout bien, tout honneur) », répétait-elle avec humour.

Mon père tenait d'elle sa vocation. Un jour, dans la salle de bains de la rue Lamarck, il lui a annoncé son intention de devenir journaliste à son tour. Il craignait la réaction de son père, sévère cadre d'EDF. Je suis sûr que cette nouvelle a comblé ma grand-mère.

Nous fêtions Noël en famille rue Lamarck. Dans la rue, les trottoirs et les voitures étaient couverts de neige. Je me souviens de mon émerveillement à la vue des cadeaux emballés sous le sapin, dans le salon, à côté des fauteuils en cuir rouge. Sur une photo de l'époque, j'ai dix ans et, avec ma chemise à rayures et ma raie sagement coiffée, je ressemble à un baron du gaullisme.

À l'exception de ces soirs de Noël, j'aurai si peu vu mon père dans ce quartier. Je me plais à croire que son fantôme hante encore ses rues. A-t-il une balafre sur la joue, comme ces pirates de nos enfances ?

Il est temps de retirer le masque. À travers Nestor Burma, c'est sans doute lui que je cherche. Treize ans après sa mort, il est devenu pour moi un être de papier. Chaque semaine, je tourne fiévreusement les pages du *Point*, à la recherche de sa signature. Je relis les textes que ses amis, ses collègues, lui ont consacrés. « Il aura suffi d'un instant d'ombre fatale, d'une voiture assassine, et voici que la mort nous a volé la présence de François. "Rien n'est plus certain que la mort et plus incertain que le moment d'icelle", professait la sagesse d'icelle. Rien n'est plus injuste que la disparition de François, qui avait tant d'amour encore à donner à sa famille, et tant de mots à nous offrir, en partage de ses enthousiasmes littéraires ou de ses froides révoltes contre l'imposture. Converser avec François, le lire, l'accompagner, était avant tout une précieuse expérience de la finesse. La main haut perchée dans une poche le temps d'un café au comptoir, un coin de sourire malicieux pour aiguiser une moquerie malicieuse, ou quelques grains de rire enfantin qui roulaient soudain dans la conversation. Rue d'Ulm, il fut l'excellence sans pesanteur, un premier de la classe qui n'oubliait pas la partie de foot avec les copains dans la rue Pasteur. »

« Contre les conflits inutiles et les assauts incessants d'un siècle qu'il n'aimait guère, ce serviteur des Lettres dessinait des courbes en lisant intensément. » « Il aimait le gaullisme, le latin, l'honneur… »

« François n'ondoyait pas, François ne se mirait pas dans le miroir aux alouettes. Il ne cherchait pas à plaire, mais il savait séduire ; mieux, il savait toucher. C'est vrai qu'il pouvait être farouche, et qu'il fallait parfois savoir l'apprivoiser ; mais quand il avait accordé sa confiance, son amitié recélait un trésor. »

J'entends encore son pas qui glisse sur les lattes du parquet, ses jurons qui fusent sans prévenir

(« Zob ! »). Je le revois, debout dans la cuisine, en train d'attraper des sardines dans une boîte de conserve, pressé de retrouver son ordinateur pour terminer un article.

Je cherche son souvenir dans *Les Demoiselles de Rochefort*, un film qu'il m'a fait découvrir. Il aimait la ville où les jumelles Delphine et Solange se languissent, où Maxence désespère de rencontrer l'idéal féminin dont il a peint les traits. Mais quand mon père l'a eu visitée, il l'a trouvée sinistre, loin de la fête du tournage. A-t-il ri de sa propre mésaventure ?

Il s'appelait François, un nom auquel son patriotisme le prédestinait. Nous nous ressemblons tellement que parfois, sur les photos de la rue Lamarck, je n'arrive pas à nous distinguer. Nos voix aussi sont similaires. « Le fils de François » : c'est un titre de gloire que l'on m'accorde souvent, dans une fête de famille ou les couloirs d'une rédaction, et que je n'ai rien fait pour mériter. Y suis-je condamné pour l'éternité ? J'ai souvent voulu me débarrasser de cette ascendance encombrante : major de l'École normale supérieure, agrégé de lettres modernes, journaliste célébré et heureux en amour. On n'est pas impunément le fils d'une légende, surtout quand on partage avec elle tant de passions.

J'ai imité son style, rêvant d'avoir son talent. J'aime son mélange de mordant et d'élégance. Parfois, je le plagie à mon insu, tellement je m'en suis imprégné. Mais à vrai dire, je voudrais encore davantage ressembler à ma grand-mère, plus artiste que lui. Malgré l'arrêt précoce de sa carrière journalistique, Mimo – comme on la surnommait, pour Simone – n'a jamais cessé d'écrire : des recueils de poèmes et des chroniques pour *Le Cerf-volant*, une revue littéraire confidentielle, à couverture bleue. Elle y parlait de jazz, de terreurs d'écolière, de la pluie chez Simenon, du sentiment amoureux. Son pseudonyme, c'était Dorine, en référence à la domestique insolente de *Tartuffe*. J'aime la sensibilité de ses textes, gorgés de points de suspension rêveurs, qui semblent écrits comme on soupire. Par exemple cet hommage au poète Jean de La Ville de Mirmont, né à Bordeaux, la ville de sa jeunesse :

« *L'Horizon chimérique*, tout le monde dit que c'est de Fauré. Mais nous, les poètes, revenons en secret sur nos pas, afin de retrouver le long des quais, entre les hangars à vanille et les masques de pierre ornant les façades, l'adolescent d'autrefois, l'enfant des fleuves qui rêvait de mer et qui, le premier, donna à ce ciel le titre d'*Horizon chimérique*. »

La chronique que je préfère s'intitule « Les rendez-vous manqués » : « Pourquoi ai-je manqué mes rendez-vous avec la chance, avec la musique, avec la grammaire espagnole, avec Platon et Pline le Jeune, avec la vieille cousine connaissant par cœur l'histoire de la famille ? Ah ! Si c'était à refaire ! Mais ce n'est jamais à refaire. Quels que soient le nombre de pages et la couleur de l'encre, on n'écrit pas sa vie au brouillon. »

Mon père vivait dans son rêve, doux et distrait comme un dessin de Sempé, mais la réalité l'a rattrapé. Quand il parlait de l'avenir, il disait souvent, en matière de plaisanterie : « Quand j'aurai une longue barbe blanche... » Mais il n'aura jamais de longue barbe blanche. Il est mort à quarante-six ans, et je me rends compte maintenant à quel point il était jeune. Il aura eu le temps d'écrire plusieurs livres, sur les normaliens, les moralistes ou la droite littéraire, mais pas de finir le texte sur la France qu'il avait commencé. Compte tenu de son exigence vis-à-vis de lui-même, fallait-il publier ou non ce manuscrit inachevé ? Ses amis ont envisagé le faire, en le retravaillant et en l'illustrant de photographies.

En voici les premières lignes, incomplètes et qu'il aurait sans doute modifiées :

« Ou bien est-ce à cause de ce prénom qui meurt d'être trop classique, après avoir été porté par quelques illustres marginaux à l'aube de notre littérature. Peut-être est-ce d'avoir respiré, enfant, l'air léger, un peu provincial de Montmartre. Peut-être est-ce à cause de cette madone aux murs d'une salle de classe, sur une affiche frappée du seul mot "France" – peinte par le mystérieux maître de Moulins. Peut-être est-ce la faute de ces haltes d'antan dans les restaurants d'Avignon, Beaune, Vernon ou Blaye, avec leurs baies panoramiques, où on servait du coq au vin et des poires belle Hélène.

Nourri de deux décennies d'arpentage de l'Hexagone, ce *Dictionnaire intime* n'a d'autre prétention que de faire partager cet attachement déraisonnable, plus répandu qu'on ne croit. En plus de 100 entrées variées, on y effectuera une plongée dans la France profonde au début du XXIe siècle, avec ses beautés et ses verrues, ses cathédrales et ses ronds-points, ses "villages de charme" et ses lotissements, ses mythologies politiques et littéraires et ses efforts surhumains pour se dénaturer. De A comme "aristocratie du bouchon" à Z comme "zone d'activité", se dessine ainsi la géographie sentimentale d'un "cher et vieux pays" – plus éclairante peut-être, à sa façon vagabonde, que mille rapports de la ex-DATAR et de ses héritiers. »

Mon père est mort à une époque où la presse avait de beaux restes. C'était avant l'Hyper Cacher, le Bataclan et Donald Trump. J'ai envie de dire : avant la catastrophe. Il n'aura pas vu le nouveau monde dans lequel nous sommes entrés. S'il se réveillait dans la France d'aujourd'hui, que penserait-il de notre enfer numérisé ? Prendrait-il le parti, lui né en 1962, de s'en accommoder ? Y arriverait-il seulement ? Beaucoup de compromissions lui ont été épargnées. Il n'ignorait rien de la médiocrité du milieu journalistique, qui l'effarait et l'amusait à la fois. Mais il avait le temps de ciseler ses articles. Je suis jaloux de ce privilège.

Car moi aussi, j'aimerais devenir journaliste. J'ai déjà eu l'occasion de faire quelques stages. Mi par facilité, mi par piété, j'ai choisi les rédactions du *Point* et de *L'Express*, comme si je m'acharnais à marcher dans ses pas. Ses anciens collègues, frappés par notre ressemblance, m'y invitent à déjeuner, en souvenir du bon vieux temps. Ils m'incitent à me concentrer sur l'avenir.

Je pense à toutes les choses que nous ne nous dirons jamais. Modiano a cette phrase : « Parfois, le cœur se serre à la pensée des choses qui auraient pu être et qui n'ont pas été. » J'imagine nos conversations, les auteurs dont nous aurions parlé. Au moment de sa mort, il semblait heureux à *L'Express*, son dernier journal. Mais il n'aura pas eu l'occasion de me le dire, ou je l'ai oublié. J'aurais aimé connaître ses joies, ses peines, le secret de ce qui l'aurait comblé.

Mon père, portraitiste de talent, a « croqué » tant de personnages publics, deviné leurs fêlures et leurs désirs intimes. Et moi, au moment de le raconter, j'ai l'impression de me heurter à un mur. Qu'est-ce qui le faisait courir ? Peut-être ne le savait-il pas lui-même.

Pour combler les vides, je cherche des réponses auprès de ses proches. Une fois par mois, Christian, l'un de ses meilleurs amis, m'invite au restaurant, dans son quartier de la Nouvelle-Athènes : nappes à carreaux, cuisine traditionnelle et serveuses affables. Autour d'une bouteille de vin rouge, il me tient la chronique de cette légende. Il a tellement de souvenirs à me raconter sur mon père. Ils avaient écrit ensemble, sans en être crédités, un livre d'histoire pour le compte d'un ministre des Affaires étrangères aujourd'hui tombé dans l'oubli. Honoré par un prix littéraire, le membre du gouvernement avait reçu sa récompense avec la plus grande solennité, sans penser à remercier ses auteurs de l'ombre. Ce souvenir fait beaucoup rire Christian.

J'ai tout le loisir de lui poser mes questions. Un jour, il m'a mis sur une piste. Il a mentionné l'intérêt de mon père pour le destin du peuple juif. De fait, en relisant *Le Point* et *L'Express*, je suis frappé par le nombre de ses articles sur la Seconde Guerre mondiale, et la Shoah en particulier. En 2007, à l'occasion de la parution de son Journal, il rendait hommage à Hélène Berr, une jeune Parisienne morte en déportation en 1945.

Mon père a publié un livre, *Le Voyage d'automne*, sur le séjour d'écrivains français en Allemagne, en octobre 1941, à l'invitation de Goebbels : Drieu la Rochelle, Brasillach, Chardonne, Jouhandeau. Il y racontait en détail cette tournée touristique, à la fois tragique et dérisoire, à travers le Reich. Avec cette enquête, il voulait comprendre comment des prosateurs délicats avaient pu se retrouver dans le bureau de Hitler. Dans un autre ouvrage, *Le Soufre et le moisi*, il documentait la réhabilitation, après 1945, des romanciers collabos Chardonne et Morand par les hussards, ces jeunes auteurs de droite qui admiraient leur style.

En dépit de son honnêteté intellectuelle, son travail suscita de vives réactions. On accusa mon père de « voir des nazis partout ». Ou bien d'être lui-même antisémite, ce à quoi il rétorqua que la bar-mitzva de son fils aîné – moi-même – avait lieu dans quelques semaines...

Qu'aurait-il fait, lui, en 1940 ? Cette question le fascinait. D'abord, je suppose, pour une raison générationnelle : il est né en 1962, l'Occupation était encore si proche. Mais peut-être aussi parce que sa femme et ses enfants étaient juifs.

Je pourrais multiplier les hypothèses, mais je n'en sais pas beaucoup plus. Quand je lui ai demandé les raisons de cette hantise paternelle, Christian est resté évasif. Ce jour-là, j'ai eu l'impression qu'il était sur le point de me confier un secret, mais au dernier moment, il s'est ravisé. En écrivant ces lignes, j'ai tout de même l'impression de m'approcher d'une vérité concernant mon père.

Je persiste à croire, contre toute évidence, qu'un jour je résoudrai son énigme. Peut-être la réponse se trouve-t-elle dans un de ses articles, derrière une allusion que je n'ai pas su déchiffrer.

Une fois, j'ai aussi appris, au détour d'une conversation, que mon père avait fait un séjour en Angleterre dans sa jeunesse. « Là-bas, il y a une fille qui s'en souvient… », m'a assuré Mimo, avec la fierté gourmande d'une mère, sans m'en dire plus. A-t-il connu Pimlico, Chelsea et Notting Hill ?

De lui, j'aimerais raconter plus de souvenirs. Mais le temps a effacé une partie des moments passés ensemble, et c'est peut-être ce qui me fait le plus de peine.

À force de solliciter ma mémoire, d'autres images me reviennent. Je le revois dans notre maison de campagne, partant sur les sentiers une canne à la main pour éloigner les serpents. Ou dégageant un hérisson coincé dans les filets d'un but. Ou encore embarrassé ce soir où, au retour du Talmud Torah, il a cru que la conductrice du taxi, vêtue d'un chapeau, était un homme. Je me souviens de sa fierté enfantine quand son article faisait la « une » du *Point*. Et de sa mise en garde le jour où il m'a défendu de me droguer : « Au lycée, j'avais des camarades qui se droguaient : aujourd'hui, ils sont dans un cercueil. Moi, je n'ai pas envie d'être dans un cercueil. »

La nuit, je rêve souvent qu'il est parti en Argentine. J'entends son nom, François Dufay, résonner comme un regret. Dans la station de ski d'où il s'est évaporé, des gouttes de sang brillent sur la neige.

Je m'arrête devant l'église Saint-Pierre de Montmartre, sous un soleil qui me brûle la nuque. Des artistes peignent sur commande des portraits pour des touristes. Soudain, les cloches du Sacré-Cœur sonnent. Ma grand-mère voulait rejoindre les sœurs du carmel. Après avoir dansé dans sa jeunesse avec Boris Vian, séduit Jean-Pierre Cassel, elle se voua sur le tard à la vie contemplative. Il faut dire que les fenêtres de son appartement donnaient sur la basilique.

Autant que la culture, j'ai eu la mort en héritage. J'aimerais retirer cette écharde. Dans les articles de mon père, ses livres, je cherche en vain à percer son mystère. En trouverai-je la clé dans les rues de Montmartre ?

Mon père disparu, je venais à mon tour rendre visite à ma grand-mère. Couronne de cheveux blancs, boucles d'oreilles en nacre et démarche malaisée, elle guettait mon arrivée sur le pas de sa porte, en haut des escaliers en colimaçon, un peu hésitante car elle n'y voyait presque plus : « C'est toi, mon tito ? »

Je l'emmenais à la pizzeria du bout de la rue, la tenant par le bras pour l'aider à garder l'équilibre.

Figure de Montmartre, elle ne faisait pas dix mètres sans être saluée par une connaissance. Elle me rappelait à chaque fois que les hommes, dans les codes de la galanterie, entraient les premiers au restaurant. Nous avions notre place réservée près de la fenêtre. Le patron passait sur un vinyle de vieilles chansons françaises, et Mimo s'offrait un verre de Coca-Cola, contre l'avis de son médecin. En picorant une pizza piquante, elle me parlait, avec un mélange d'horreur et de fascination, du monde qui venait : « Tu te rends compte ? On est capable de fabriquer de la peau humaine ! »

Née avec le Cartel des gauches, en 1924, elle était une femme de son temps, qui s'enorgueillissait de voter comme son mari. La jeune fille des dancings était devenue une gaulliste fervente. Mais si on s'agaçait devant elle des excès du féminisme, Mimo soupirait : « Les femmes, on leur en a tellement fait… »

J'aimais tous ses souvenirs : la manifestation de soutien au général de Gaulle le 30 mai 1968, à laquelle elle avait participé ; Camus aperçu sur une terrasse de Biarritz en compagnie d'une jolie blonde. Elle me racontait la jeunesse des écrivains prodiges. À cette lignée de légende, je ne doutais pas d'appartenir.

Après le déjeuner, nous reprenions le chemin de l'appartement, où nous nous dirigions vers l'ancienne chambre de mon père, reconvertie en salle de lecture. En passant par le salon, je regardais cette photo de Mimo dans les années 1960 : une femme élégante tirant sur sa cigarette, assise, en conférence de rédaction, aux côtés d'un rédacteur en chef bronzé.

Elle s'installait sur le canapé. De mon côté, je me plongeais dans les numéros du *Point* de son fils, pieusement conservés sur la table basse, tout en lui demandant de temps à autre un commentaire à propos d'un article. Elle me parlait avec tendresse de cet enfant qui lui avait été arraché. Elle ne pouvait s'empêcher de se demander ce qu'il serait devenu : académicien ? Ministre de la Culture ? Elle assurait que, ces derniers temps, il se rapprochait de la religion.

Puis je la rejoignais sur le canapé, et nous regardions la rue Lamarck par la fenêtre : sur le trottoir et les escaliers qui menaient au Sacré-Cœur, les passants transis par le froid avançaient au ralenti. Nous parlions du temps qui passe, de la France qu'il fallait sauver une fois de plus. Elle jugeait mes premières ébauches de romans trop écrites. Ses mains noueuses posées sur le rebord du canapé, elle me racontait ses rêves. Dans le dernier d'entre eux, elle était sur la plage de Biarritz, à minuit. Elle y laissait glisser son enveloppe de chair sur le sable, pour n'être plus qu'une âme. Elle savait que bientôt, elle rejoindrait son fils dans le caveau de Montmartre. Sa mort prématurée ne lui a pas fait perdre la foi.

Les cloches du Sacré-Cœur, qu'on pouvait voir en se penchant à la fenêtre, sonnaient. Mimo me disait que j'étais, comme elle, un contemplatif plutôt qu'un homme d'action, et je l'approuvais. Perchés sur les hauteurs de Montmartre, à rouvrir des journaux d'un temps révolu, nous étions en dehors du monde. Mais ces articles, bruissants d'ambitions politiques ou littéraires, de convoitises charnelles et d'espoirs déçus, me donnaient l'impression de le comprendre. Grâce aux numéros du *Point* et aux éclairages de Mimo, l'univers devenait limpide. Moi aussi, un jour, je deviendrais le chroniqueur de cette comédie humaine.

Les heures filaient. Peu à peu, les lampadaires de Montmartre s'allumaient. Je rentrais chez moi, abandonnant ma grand-mère à sa solitude et à la radio qu'elle écoutait toute la nuit, lui promettant de revenir bientôt. J'emportais cinq ou six numéros du *Point* dans mon sac à dos et je redescendais d'un cœur plus léger les pentes de Montmartre.

Je ne connaîtrai jamais les marronniers qu'Alain Juppé, ancien député du XVIIIe arrondissement, a fait abattre rue Lamarck, au grand dam de ma famille. Le code de l'immeuble n'a pas changé. Je pousse la porte cochère et je m'engage dans les escaliers. Arrivé au troisième étage, je tourne la clé dans la serrure : l'appartement est vide. Il pourrait dater d'il y a quarante ans, avec le papier peint défraîchi du vestibule, la petite cuisine démodée dont la fenêtre donne sur le Sacré-Cœur. Dans le salon, les volets fermés étouffent la rumeur de Montmartre. Je prends un volume de Jules Romains, le romancier fétiche de ma famille, et je m'enfonce dans l'un des fauteuils en cuir rouge. Sur la table ronde, les épreuves d'un manuscrit et le décapsuleur en forme de griffe de lion que ma grand-mère utilisait pour déboucher les bouteilles de Coca-Cola.

Puis je regarde les photos disposées sur l'étagère : mon père en polo vert kaki, les coudes sur une table, souriant avec confiance à l'objectif. Mes parents en noir et blanc, jeunes et beaux, allongés sur une plage, en maillot de bain. Elle a les cheveux au vent, lui des pectoraux saillants et déjà quelques mèches poivre et sel. L'un et l'autre, le soleil les fait cligner des yeux.

Mon père, à dix ans, sourit sur les photos. Cet enfant en culottes courtes ne sait pas que sa vie sera à la fois heureuse et brève. Je le regarde poser, bras dessus, bras dessous, avec ce petit frère qui lui ressemble tant. Je me prends à croire qu'ils habitent encore cet immeuble où ils ont grandi. J'imagine leurs blagues potaches, leurs bandes dessinées, leurs révisions de latin et leurs vacances en famille sur la côte basque. Deux enfants du gaullisme, bercés le soir par les homélies de Georges Pompidou, un président normalien, et qui s'endorment en lisant *Astérix*.

J'entre dans la pièce qui servait de chambre à mon père. Ses livres d'étudiant – Platon, IIIe République, guerre froide – dorment à jamais sur les étagères. Les numéros du *Point* qui manquaient à ma collection m'attendent sur la table basse. Ma grand-mère a laissé une partition sur le piano.

Je m'assieds sur le canapé et je feuillette une énième fois ces vieux magazines. J'en oublie le temps et le soir qui tombe peu à peu sur Montmartre. Quand je relève la tête, les coupoles du Sacré-Cœur brillent dans l'obscurité. Il est temps de quitter les lieux. Et c'est le cœur lourd que je redescends la rue Lamarck, celle de mon père.

Pendant des années, dans la chambre de mes parents, le bureau de mon père est resté intact : son vieux Mac aux touches sonores, les livres de la rentrée littéraire qu'il n'avait pas eu le temps d'ouvrir, ses carnets à petits carreaux noircis de ses pattes de mouche. La pièce était encore pleine de son absence.

Ma mère résistait aux instances de ses amis, qui la pressaient de quitter l'appartement. Elle gardait dans une malle les coupures de presse et les lettres de condoléances. Pour retrouver les articles de son époux, elle glissait des marque-pages dans ses numéros du *Point*. Dans la maison de Toscane où nous passions chaque été nos vacances avec des amis, elle occupait désormais une petite chambre de célibataire, avec un lit simple.

Et puis, avec le temps, ma mère a arrêté de mettre des marque-pages. Elle avait encore l'âge de jouer Hélène dans *Nestor Burma*. Trop jeune pour se résigner à la solitude, elle a rencontré quelqu'un, tout en demeurant fidèle au souvenir de son mari. Je lui en ai voulu, avant de la comprendre.

Dans sa cruauté, le destin m'a réservé une joie : les amis les plus proches de mon père m'ont entouré de leur soutien et de leur affection. Sans sa mort, peut-être n'aurais-je pas bien connu Christian, mon parrain. Enfant, je ne le voyais presque jamais : il était comme un personnage de légende. Qui était ce mystérieux Marseillais, protestant et arménien d'origine ? « C'est un type tellement génial qu'il est le parrain de six enfants », m'expliquait mon père pour justifier son absence. Sa mort nous a réunis. Peu à peu, nous avons commencé à nous voir, d'abord en présence de ma mère, puis tous les deux. J'ai appris à lui faire confiance : il n'ignore rien de mes chagrins d'amour.

Je le retrouve dans les restaurants de son quartier de la Nouvelle-Athènes, sur les hauteurs du IXe arrondissement, où rôdent les fantômes de Chopin, de Dumas et de Sand. Il y habite un immeuble néo-classique inspiré des squares londoniens, agrémenté d'une fontaine qui coule en permanence dans la cour d'honneur. J'aime son appartement situé sur les toits, avec son parquet qui grince, ses tapis persans et ses piles de CD de Bach. Avec lui, la conversation roule aussi bien sur les potins mondains que sur la sagesse de la plus vieille nation chrétienne du monde, l'Arménie, sur les cancans parisiens que sur *L'Ecclésiaste*. En costume ou en veste bleue, ses yeux protégés par des lunettes cerclées qui lui donnent l'air d'un vieux sage, il est capable, en un instant, de passer d'une plaisanterie grivoise à un dégagement sur l'Empire mongol. Il m'incite à ne jamais perdre l'espérance et essaie, tant bien que mal, de me convertir au protestantisme. J'ai conservé la Bible aux pages dorées et à la couverture couleur vin qu'il m'a offerte une semaine après ma naissance, le jour de ma circoncision, avec sur la page de garde cette citation du livre de Samuel : « L'Éternel est mon roc, ma forteresse, mon libérateur. »

Cet été, Christian n'est pas à Paris. Il partage aujourd'hui son temps entre le IXe arrondissement et Marseille. Vingt ans après son départ, il est de retour au *Point*, en tant que chroniqueur, et je crois qu'il y est heureux.

L'amitié de mon parrain est la plus belle chose que la mort de mon père m'ait donnée. À travers lui, je sais qu'il veille sur moi.

Parfois, par erreur, Christian m'appelle François, avant de se reprendre, confus. Un soir, il m'a dit : « Pour moi, tu es un morceau de ton père. »

L'hiver, à la sortie du restaurant, quand il rajuste son pardessus, il me fait un peu penser à Nestor Burma : lui aussi, il a grandi dans un autre temps, celui de la guerre froide et du service militaire. Nous marchons en silence, les mains engourdies par le froid, dans les rues du IXe, à regarder les filles assises à la terrasse des bars. Comme d'habitude, il me dit que je ne suis pas assez couvert.

J'aimais mon père, et il m'aimait : ce trésor est enfoui au plus profond de moi. Je le déterre dans les grandes occasions : ma réussite à l'agrégation de lettres, la victoire de la France en finale de Coupe du monde.

Treize ans après, je n'ai pas guéri de ma tristesse devant son talent dilapidé. Un recueil de ses articles paraîtra-t-il un jour, comme il en a un temps été question ? Je crains toujours, moi aussi, de mourir avant terme. J'ai préparé, à côté de ses journaux, une collection de mes propres articles, au cas où un fils éventuel, confronté à ma disparition précoce, chercherait à en savoir plus sur moi.

Peu à peu, je me fais à l'idée que mon père ne reviendra pas. Il ne reviendra pas me conseiller *L'Usage du monde*, le livre où Nicolas Bouvier raconte son voyage de la Yougoslavie à l'Afghanistan en compagnie du dessinateur Thierry Vernet. Il ne me fera plus écouter la chanson « Toulouse » de Claude Nougaro, n'entrera plus en trombe dans ma chambre pour m'ordonner d'apprendre mes déclinaisons latines. Avec le temps, je vais m'y habituer.

Mais aujourd'hui, malgré tous mes efforts, je ne parviens pas à lui dire adieu. Comme si, à travers les années, à travers la mort, nous avions encore quelque chose à nous dire.

C'est avec cet espoir que je reviens dans la maison de Guéthary, sur la côte basque, où nous passions nos vacances en famille. Je m'y rends pour la dernière fois : nous l'avons vendue et la viderons dans quelques semaines. Elle sera transformée en chambre d'hôtes.

Je prends le train jusqu'à ce village devenu un repaire de surfeurs, qui déambulent dans les rues en combinaison, planche à la main. À mon arrivée, il fait un grand soleil. Je revois Le Madrid, ce restaurant blanc et bleu où nous dînions en famille, et qui baigne dans la lumière de l'Atlantique. Puis j'entame la descente vers la maison d'« Arboletan » – en basque, « parmi les arbres » – nichée dans un renfoncement au bout d'une allée de platanes. Une maison typique de la région, à façade blanche et à colombages rouges.

Nous avions pour voisins la belle-famille du champion du monde de football 1998 Bixente Lizarazu, source de fantasmes d'enfant. Le poète Paul-Jean Toulet, l'auteur des *Contrerimes*, avait habité, lui, une villa mystérieuse en face du fronton. Nous assistions, sur le fronton qui fait office de place du village, à des matchs de pelote basque entre jeunes de la région. De là, un chemin serpentait vers l'océan. La mer, on l'apercevait depuis la terrasse du Madrid, où nous mangions des profiteroles le soir.

À Biarritz, nous nous faisions renverser par des vagues hautes comme des maisons, dégustions une glace au citron et passions des heures à choisir des revues dans la maison de la presse Darrigade. Les jours de pluie, nous nous réfugiions au musée de la Mer, comme tant d'autres familles en ciré jaune menacées par le vent. Car, avec la capricieuse météo basque, nous ne savions jamais à quoi nous attendre, et nous espérions souvent en vain, comme nous disions avec humour, que « ça se dégage sur la mer ».

Je préférais encore Saint-Jean-de-Luz, sa jetée, ses clubs de plage et son sable fin. Mon père y a pleuré la disparition du cinéma de son enfance, remplacé par un centre commercial. Chez Pablo, un restaurant caché au fond d'une impasse, on mangeait des chipirons à l'encre, serviette à carreaux nouée autour du cou.

Aujourd'hui, il fait grand soleil. Je m'engage, le cœur battant, dans l'allée de graviers qui fait crisser mon pas et où mes parents garaient autrefois la voiture. Enfant, je m'asseyais sur le perron, à côté des hortensias. Je frôle les hautes herbes et les fougères du jardin, je pose une main sur l'écorce des platanes dont les racines compliquaient les parties de football. Les palmiers et les bambous donnaient au lieu une allure tropicale. Je revois mon père, assis à la table ronde de la terrasse, m'aidant à déplier un quotidien. De là, nous entendions la musique diffusée sur le fronton, les soirs de fête au village. Dans la cuisine, ma mère nous préparait de la piperade et du jambon de Bayonne.

Dès mon entrée dans la maison, je respire une odeur de vieux bois. Je pose pieusement la main sur l'accoudoir du fauteuil à bascule où s'asseyait mon grand-père. Sur une toile du salon, une femme aux boucles brunes danse le flamenco.

Puis je monte le fragile escalier de bois pour retrouver la bibliothèque. J'y feuillette des éditions de poche jaunies et couvées par les araignées : Agatha Christie, Julien Green, Maurice Leblanc. Et puis ces bandes dessinées que mon père et son frère lisaient dans leur enfance : *Barbe-Rouge, Boule et Bill.* À mon tour, à dix ans, je m'enfonçais dans le fauteuil du cabinet de lecture, un album entre les mains, et je faisais le tour du monde. La côte basque se confondait pour moi avec le cap Horn, il aurait pu flotter un drapeau noir sur Guéthary. Cette bibliothèque, il faudra bientôt en abandonner une partie, et ce sera un crève-cœur.

J'entre dans la chambre de ma grand-mère, où elle se levait à l'aube, la première dans la maison, pour écrire de la poésie. Ses parents tenaient une maison de la presse à Biarritz. C'est ainsi qu'elle avait connu, enfant, Blaise Cendrars, qui l'effrayait avec son bras manquant. Il lui avait offert un de ses livres, les *Petits Contes nègres*, comme on confie un flambeau.

Je la revois penchée à sa fenêtre, qu'elle appelait la fenêtre aux jasmins, afin de m'appeler quand je jouais dans le jardin. Je m'asseyais à côté d'elle, et elle me racontait l'histoire de Blondine, de la princesse de Ségur. Cette jeune princesse aux cheveux blonds se promène dans une petite voiture traînée par des autruches. Son père, le roi Bénin, lui interdit de pénétrer la forêt des lilas, ainsi surnommée parce qu'elle est « pleine toute l'année de lilas en fleur ». Mais par la faute de Gourmandinet, un domestique qui la sacrifie contre quelques sacs de bonbons, Blondine finit par s'y aventurer. Et moi, je situais la forêt des lilas dans le bosquet d'Arboletan.

Ma grand-mère avait le sens du récit. C'est ici, au Pays basque, qu'elle m'a formé au rêve, dans cette maison qui ne nous appartient plus. Elle m'a transmis cette passion que nous avons en partage. Comme elle, comme mon père, je mourrai sans avoir assouvi cette soif de mots, de livres, d'articles à n'en plus finir. Mimo m'assurait que j'écrirais : « Dans la vie, je me fous dedans pour tout, mais pour la littérature, jamais ! » Et je l'ai crue. Une fin d'après-midi d'août, en me baignant dans l'Atlantique sur la plage de Saint-Jean-de-Luz, je me suis fait le serment de devenir poète.

Le tiroir de la table de chevet est ouvert. J'y trouve un recueil de poèmes que ma grand-mère a publié. Il s'appelle *Le Temps recousu* et date de 1995, l'année de ma naissance. Je le feuillette : il s'ouvre par cette dédicace à mon intention : « À toi par qui le temps / s'est recousu… » En me penchant à la fenêtre, j'aperçois la silhouette d'un enfant, plongé dans la lecture d'un livre, parmi les hautes herbes du jardin. Il a les traits de mon père sur les vieilles photos. Il n'a pas de cicatrice et, quand il lève les yeux vers moi, il m'adresse un signe de la main.

Sources

Chansons

Michel Berger et Éric Plamondon, *Starmania*, 1978.
Miossec, « Seul ce que j'ai perdu (m'appartient à jamais) », *in Finistériens*, 2009.
Claude Nougaro, *Ô Toulouse,* 1967.

Films

Jonathan Dayton et Valerie Faris, *Little Miss Sunshine*, 2006.
Jacques Demy, *Les Demoiselles de Rochefort*, 1967.
Michel Hazanavicius, *OSS 117 : Le Caire, nid d'espions*, 2006.
Roger Michell, *Coup de foudre à Notting Hill*, 1999.
François Truffaut, *Baisers volés*, 1968.

Livres

Georges Bernanos, *La France contre les robots*, Comité de la France libre, 1947.
Hélène Berr, *Journal*, Tallandier, 2007.
Serge Bloch, *Sam et son papa*, Bayard, 1998.
Nicolas Bouvier, *L'Usage du monde*, Librairie Droz, 1963.
Robert Brasillach, *Notre avant-guerre*, Plon, 1941.
Blaise Cendrars, *Petits Contes nègres pour les enfants des Blancs*, Gallimard Jeunesse, 2014.
Bernard Chambaz, *Le Match de foot qui dura tout un été*, éditions Rue du Monde, 2002.
Jean-Michel Charlier et Victor Hubinon, *Barbe-Rouge*, Dargaud, 1961-1979.
Comtesse de Ségur, *Nouveaux Contes de fées*, Hachette Jeunesse, 2007.
Fedor Dostoievski, *L'Idiot*, Le Livre de Poche, 1994.
Charles Dickens, *La Maison d'Âpre-Vent*, Gallimard, 2018.
François Dufay et Pierre-Bertrand Dufort, *Les Normaliens, De Charles Péguy à Bernard-Henri Lévy. Un siècle d'histoire*, Éditions JC Lattès, 1993.
François Dufay, *Le Voyage d'automne*, Plon, 2000.

François Dufay, *Le Soufre et le moisi. La droite littéraire après 1945, Chardonne, Morand et les hussards*, Perrin, 2006.
Matthieu Galey, *Journal intégral - 1953-1986*, Bouquins, 2017.
Julien Gracq, *Lettrines I*, José Corti, 1967.
Victor Hugo, « Après la bataille », *La Légende des siècles*, Gallimard, 2002.
Alain Juppé, *La Tentation de Venise*, Grasset, 1993.
Maurice Leblanc, *Les Dents du tigre*, éditions Pierre Lafitte, 1921.
Léo Malet, *Les Rats de Montsouris*, Robert Laffont, 1955.
Léo Malet, *Casse-pipe à la Nation*, Robert Laffont, 1957.
Léo Malet, *Micmac moche au Boul' Mich'*, Robert Laffont, 1957.
Léo Malet, *L'Envahissant Cadavre de la plaine Monceau*, Robert Laffont, 1959.
Henry de Montherlant, *Les Célibataires*, Grasset, 1934.
Marcel Proust, *À la recherche du temps perdu*, Grasset, 1913.
Jean Roba, *Boule et Bill*, Dargaud, 1959.
Jules Romains, *Les Hommes de bonne volonté - tome IX : Montée des périls*, Flammarion, 1935.

Paul-Jean Toulet, *Les Contrerimes*, Gallimard, 1999.

Séries

Laurent Carcélès, *Nestor Burma - La marieuse était trop belle*, 2003.
Maurice Frydland, *Nestor Burma - Du rébecca rue des Rosiers*, 1993.
Claude Grinberg, *Nestor Burma - Casse-pipe à la Nation*, 1992.
Alain Schwarzstein, *Nestor Burma - Nestor Burma et le monstre*, 1995.
Philippe Venault, *Nestor Burma - Sortie des artistes*, 1997.

aucun intérêt sinon la déambulation dans Paris

Cet ouvrage a été achevé d'imprimer sur Roto-Page
par l'Imprimerie Floch à Mayenne
pour le compte des Éditions Grasset
en août 2023

Composition réalisée par Belle Page

PAPIER À BASE DE FIBRES CERTIFIÉES

Grasset s'engage pour l'environnement en réduisant l'empreinte carbone de ses livres. Celle de cet exemplaire est de :
350 g éq. CO_2
Rendez-vous sur www grasset-durable fr

N° d'édition : 22870 – N° d'impression : 102752
Dépôt légal : septembre 2023
Imprimé en France